소중한 ＿＿＿＿＿＿＿＿＿＿＿＿＿ 에게

＿＿＿＿＿＿＿＿＿＿＿＿ 가(이) 선물합니다.

＿＿＿＿＿＿＿＿＿＿＿＿

KB038572

소공녀

프랜시스 호즈슨 버넷 지음

영국 맨체스터에서 태어나 3세 때 아버지를 여의고 미국으로 이주했습니다.
생계를 돕기 위해 출판사에 소설 원고를 보낸 것이 채택되어 작가로서 본격적 활동을 시작하게 되었습니다.
차남을 모델로 한 「소공자」(1886년)로 대성공을 거두고 「소공녀」(1905년)와 미국 아동 문학의 고전이라 불리는
「비밀의 화원」(1910년)을 발표하면서 작가로서 이름을 길이 남겼습니다. 자신이 놓인 환경 속에서 전향적으로 살아가는
주인공을 묘사함으로써 교훈주의로 치우쳤던 미국 아동 문학에 하나의 전기를 마련했다는 평을 받고 있습니다.

이규희 엮음

충청남도 천안에서 태어나 강원도 태백과 영월에서 어린 시절을 보내고, 성균관대학교
사서교육원을 나왔습니다. 소년중앙문학상에 동화 「연꽃등」이 당선되면서 작품 활동을 시작하였습니다.
그동안 지은 책으로 「아빠나무」 「흙으로 만든 귀」 「어린 임금의 눈물」 「악플 전쟁」 등 여러 권이 있습니다.
세종아동문학상·이주홍문학상·방정환문학상 등을 받았으며, 한국아동문학인협회·펜클럽 회원으로
활동하고 있습니다. 언제부터인가 우리나라의 전통 문화, 그리고 역사 속에서 스러져간 인물들을
동화로 그려내는 일을 마음에 담고, 틈만 나면 궁궐과 박물관을 다니며 이야깃거리를 찾고 있습니다.

2023년 2월 25일 2판 7쇄 **펴냄**
2011년 8월 10일 2판 1쇄 **펴냄**
2004년 4월 10일 1판 1쇄 **펴냄**

펴낸곳 (주)효리원
펴낸이 윤종근
지은이 프랜시스 호즈슨 버넷
엮은이 이규희 **그린이** 전미영
등록 1990년 12월 20일 · **번호** 2-1108
우편 번호 03147
주소 서울시 종로구 삼일대로 457, 406호
전화 02)3675-5222 · **팩스** 02)765-5222

잘못 만들어진 책은 구입하신 서점에서 바꾸어 드립니다.
ISBN 978-89-281-0105-4 64840

이메일 hyoreewon@hyoreewon.com
홈페이지 www.hyoreewon.com

소공녀

프랜시스 호즈슨 버넷 지음
이규희 엮음 / 전미영 그림

효리원
hyoreewon.com

어린 시절, 나는 강원도 탄광 도시로 전학을 갔습니다. 눈을 들면 보이는 것은 높고 높은 산과 석탄 먼지가 풀풀 날리는 거리뿐이었습니다. 나는 마치 정든 친구들을 떠나 아주 먼 곳으로 유배를 당한 것처럼 슬펐습니다.

그런 나를 위로해 준 곳은 내가 새로 다니게 된 학교의 자그마한 도서실이었습니다. 어느 날, 우연히 학교 여기저기를 구경하다가 찾아낸 그 조그만 도서실. 나는 마치 보물섬을 발견한 것처럼 기뻤습니다. 물론 그날부터 하루에 한 번씩 도서실을 드나들며 책을 빌려다 읽곤 했습니다.

그때 읽었던 책들 가운데 하나가 바로 프랜시스 호즈슨 버넷이 쓴 『소공녀』였습니다.

어두컴컴한 구석진 골방에서 『소공녀』를 읽으면서 나도 모르게 눈물을 주르르 흘리곤 했습니다. 공주처럼 아무 걱정 없이 행복하게 살던 주인공 '세라'가 갑자기 아버지를 잃고 하녀가 된 일이며, 추운 겨울에 꽁꽁 언 손으로 장바구니를 들고 심부름을 가기도 하고, 물이 새는 신발을 신은 채 질척거리는 길을 걸어가고, 민친 선생님의 온갖 천대와 구박을 받으며 다락방에서 사는 게 너무나 가슴이 아팠기 때문입니다.

하지만 소공녀 세라를 통해 배운 것이 참 많았습니다. 아무리 어려워도 꿈을 잃지 않는 아이, 아무리 슬퍼도 웃음을 잃지 않는 아이, 그리고 자기보다 어려운 사람들을 따뜻하게 감쌀 줄 아는 아량, 나아가 옳지 못한 일에는 용감히 맞설 줄 아는 용기와 아무리 힘들어도 좌절하지 않는 모습을 말입니다.

세라는 비록 프랜시스 호즈슨 버넷이라는 작가가 쓴 소설 속의 주인공이었지만, 나는 세라가 정겨운 친구처럼 느껴졌습니다. 그래서 슬프고 어려운 일이 있을 때마다 세라처럼 늘 무엇인가를 꿈꾸고, 상상해 보곤 했습니다.

그렇습니다. 우리는 살아가면서 늘 평탄한 길만 걸어가지는 않습니다. 때로는 자갈길도, 때로는 가파른 산길도 걸어가야 합니다. '다락방'처럼 춥고 초라한 방에서 힘겹게 지낼 때도 있을 것입니다. 하지만 늘 세라처럼 꿈을 잃지 않는다면 언젠가는 꼭 밝고 환한 미래가 찾아올 것입니다.

어린 시절, 내가 힘들었을 때 친구가 되어 주었던 소공녀 세라!

사랑스럽고 용감하며, 예쁜 나의 꼬마 친구 세라를 여러분께 소개해 드리고자 합니다. 분명 여러분도 그 친구를 만나자마자 단짝 친구가 되리라 믿으면서 말이지요.

엮은이 이규희

| 차례 |

안개 낀 런던 거리

안개가 자욱하게 낀 런던 거리를 마차 한 대가 달려가고 있었다. 그 안에는 어린 소녀와 아버지가 타고 있었다. 아버지는 사랑 가득한 손길로 딸을 감싸안은 채였고, 소녀는 뭔가를 골똘히 생각하는 듯한 얼굴로 지나가는 사람들을 바라보고 있었다.

이제 겨우 일곱 살밖에 되지 않은 세라 크루는 나이에 어울리지 않게 늘 무엇인가를 깊이 생각하는 듯한 표정을 짓곤 했다. 지금도 세라는 인도의 봄베이(지금의 뭄바이)에서 배를 타고 오는 동안 있었던 일을 떠올리는 중이었다. 엄청나게 큰 배와 그 위를 왔다 갔다 하던 인도 선원들, 그리고 뜨거운 갑판 위에서 뛰어놀던 아이들의 모습을.

그중에서도 얼마 전까지만 해도 뙤약볕이 내리쬐는 인도에 있었는데, 얼마 후에는 푸른 바다 한가운데 떠 있더니, 이젠 또 안개가 자욱한 낯선 거리를 마차로 달리고 있다는 게 마냥 신기할 따름이었다.

"아빠, 여기가 런던이에요?"

세라는 속삭이듯 물었다.

"그래, 우린 런던에 도착했단다. 바로 이곳에……."

아버지는 세라를 꼭 껴안았다.

세라는 지금 아버지가 몹시 슬퍼한다는 걸 알고 있었다. 너무 일찍 엄마를 잃은 세라는, 젊고 부유하며 늘 다정다감한 아버지 밑에서 아무 불편 없이 행복하게 살았다. 하지만 딱 한 가지 걱정거리가 있었다. 인도의 기후가 아이들이 자라는 데 맞지 않기 때문에 어른들은 아이들을 영국의 학교로 보냈는데, 세라도 이제 아버지와 떨어져 살아야 한다는 것이었다.

그건 크루 대령도 마찬가지였다. 이렇게 사랑스러운 딸을 두고 혼자 인도의 빈 저택으로 돌아갈 일을 생각하니 벌써부터 쓸쓸하기만 했다.

아버지는 세라를 더 꼭 껴안았다.

이윽고 두 사람을 태운 마차는 크고 음침한 색깔의 벽돌 건물 앞에 닿았다. 현관문에는 청동 간판에 '민친 여학교'라는 검은 글자가 새겨져 있었다.

"세라야, 이제 다 왔다."

크루 대령은 될 수 있는 대로 밝고 명랑한 목소리로 말하며 세라를 번쩍 들어 마차에서 내려 주었다.

두 사람은 안내를 받아 응접실로 들어갔다. 세라는 가죽을 씌운 딱딱한 나무 의자에 걸터앉아 방 안을 두루 살폈다. 바닥에는 네모난 무늬가 그려진 양탄자가 깔려 있고, 의자들도 네모 반듯했으며, 대리석 벽난로 선반 위에는 육중해 보이는 시계가 놓여 있었다. 집은 잘 꾸며져 있었으나 어딘가 차가워 보였다.

"아빠, 난 이곳이 마음에 안 들어요. 하지만 군인들도……, 아무리 용감한 군인이라도 전쟁터에 나갈 때는 용기를 내야 하는 거지요?"

크루 대령은 껄껄 웃었다. 크루 대령은 이렇게 딸 세라의 엉뚱하고 재치 있는 말을 들으면 저절로 웃음이 터졌다.

"하하하! 세라야, 이젠 너처럼 재미있는 말을 해 주는 사람이 아무도 없을 텐데, 아빠 어쩌면 좋을지 모르겠구나."

크루 대령은 세라를 힘껏 껴안았다. 크루 대령의 눈은 어느새 촉촉하게 젖어들었다.

바로 그때, 민친 선생님이 들어왔다. 세라는 민친 선생님이 마치 이 집과 똑같다는 생각이 들었다. 둘 다 크기만 하고, 고상하게 꾸몄지만 예쁜 데는 하나도 없었기 때문이다. 왠지 초점을 맞추지 못하는 맹한 눈동자는 물론, 웃는 모습조차도 어딘가 차갑고 어색해 보였다.

민친 선생님은 활짝 웃으며 두 사람을 맞아 주었다.

민친 선생님은 크루 대령에게 '민친 여학교'를 추천한 메레디스 부인을 통해, 세라의 아빠가 돈 많은 부자이기 때문에 하나밖에 없는 어린 딸을 위해서라면 돈을 아낌없이 쓸 것이라는 사실을 이미 들은 터였다.

"크루 대령님, 따님이 참 예쁘고 영리하게 생겼군요. 이런 따님을 맡게 되어 정말 영광입니다."

민친 선생님은 세라의 손을 어루만지며 말했다. 세라는 가만히 서서 민친 선생님의 얼굴을 뚫어지게 쳐다보았다. 그러면서 늘 그렇듯이 의아한 생각을 했다.

'왜 나더러 예쁘다고 하는 걸까? 난 예쁘지 않은데. 머리는 검은색이고 눈도 초록색인걸. 게다가 난 장작개비처럼 비쩍 마르고 살결도 하얗지 않은데……. 선생님은 분명히 거짓말을 하시는 거야.'

세라는 민친 선생님의 칭찬이 귀에 거슬렸다. 지금까지 자기가 예쁘다고 생각해 본 적이 없었기 때문이다. 하지만 세라는 결코 밉상이 아니었다. 날씬한 몸매에 생각이 매우 깊은데다 얼굴도 매력적이었다. 반짝이는 검은 머리카락은 끝 부분이 곱슬거렸고, 속눈썹이 긴데다가 초록색 눈은 그지없이 아름다웠다.

어쨌든 세라는 이 학교의 '특별 기숙생'이 되었다. 깨끗한 침실을 혼자서 쓰고, 망아지가 이끄는 마차도 가질 수 있으며, 하녀도 두게 될 것이다.

크루 대령이 밝게 웃으며 말했다.

"저는 세라의 공부에 대해서는 전혀 걱정을 하지 않습니다. 세라는 늘 책 속에 파묻혀 살거든요. 그러니 세라가 책을 너무 많이 읽으면 좀 말려 주세요. 그 대신 경마장에 가서 망아지를 타거나 시내로 인형을 사러 가게 해 주세요. 우리 세라는 아직 인형놀이를 더 해야만 하거든요."

"아빠, 그렇게 자꾸 새 인형만 사 모으면 어떻게 해요? 전 이제 에밀리하고만 놀 거예요."

"에밀리가 누구니?"

민친 선생님이 고개를 갸우뚱하며 물었다.

"그건 앞으로 아빠가 사 주실 인형의 이름이에요. 아빠가 인도

로 돌아가시고 나면 그 인형이 제 친구가 될 거예요. 에밀리한
테 아빠 이야기를 해 줄 거예요."

"정말 멋진 생각이구나. 어쩌면 이렇게 귀엽니!"

민친 선생님은 아첨하듯 더욱 크고 환하게 웃었다.

세라는 며칠 동안 호텔에서 아버지와 함께 지냈다. 아버지가
배를 타고 인도로 돌아갈 때까지 같이 지내기 위해서였다.

두 사람은 날마다 거리에 나가 큰 상점들을 돌아다니며 여러
가지 물건을 샀다. 가장자리에 비싼 털이 달린 벨벳 원피스며
레이스 달린 원피스, 수가 놓인 옷, 크고 부드러운 깃털 달린 모
자, 담비털 외투와 토시, 작은 장갑과 손수건, 비단 양말 등 사
들인 물건 상자가 방 안에 잔뜩 쌓였다.

상점의 여직원들은 부러움 섞인 눈길을 보내며 소곤거렸다.

"저 아이는 어떤 나라의 공주님인가 봐."

하지만 세라는 아직도 사지 못한 것이 있었다. 제일 중요한 에
밀리를 찾아 내지 못한 것이었다.

"아빠, 에밀리는 인형이지만 살아 있는 것처럼 보여야 해요.
제가 이야기할 때 귀를 기울이는 것처럼 보였으면 좋겠어요."

세라는 거리의 인형 가게를 차례차례 돌아다녔다.

"아빠! 저기, 저것 좀 보세요!"

세라는 한 인형을 가리키며 큰 소리로 외쳤다. 너무 흥분해 얼굴이 발갛게 달아오르고, 초록빛 눈이 더욱 반짝였다.

"에밀리도 우리가 오기를 손꼽아 기다리고 있었나 봐요!"

"오, 정말 그렇구나!"

크루 대령도 감탄했다.

"아빠가 저를 소개하면, 제가 아빠를 소개할게요. 하지만 제가 에밀리를 보자마자 바로 알아본 걸 보면 에밀리도 우리를 알고 있을 것 같아요."

세라가 에밀리를 안는 순간 에밀리의 눈빛이 반짝 빛나는 것 같았다. 에밀리는 꽤 컸지만 안고 다니기에 충분했다. 어깨까지 늘어진 곱슬곱슬한 금발과 파란 눈동자에 깊고 긴 속눈썹을 달고 있었다.

"틀림없는 에밀리예요. 아빠, 저는 에밀리의 친구이기도 하지만 좋은 엄마가 될 거예요."

세라는 에밀리를 꼭 껴안고 입을 맞추었다. 그러고는 에밀리를 위해 모자, 코트, 장갑, 양말 같은 것들을 잔뜩 샀다.

그날 밤, 크루 대령은 한밤중에 일어나 세라의 방으로 갔다. 세라는 에밀리를 꼭 껴안고 새근새근 잠들어 있었다. 크루 대령은 에밀리가 있어서 정말 다행이라고 생각했다. 하지만 한숨을 길게 내쉬며 잠든 딸의 얼굴을 한동안 내려다보았다.

"세라야, 넌 내가 널 얼마나 보고 싶어할지 모를 거야."

크루 대령은 사랑하는 어린 딸과 헤어져 지내야 한다고 생각하니 가슴이 미어지는 것 같았다.

다음 날, 크루 대령은 세라를 민친 여학교로 데려다 주었다.

"저는 오늘 인도로 떠나야만 합니다. 우리 세라를 잘 부탁드립니다. 무슨 일이든 제 변호사와 의논해 주십시오."

크루 대령은 민친 선생님에게 세라를 부탁했다. 그러고는 세라의 방에 가서 세라를 꼭 껴안았다. 세라는 아버지의 얼굴을 뚫어지게 바라보았다.

"세라야, 아빠 얼굴을 잊어버릴까 봐 그러니?"

"아니에요. 아빠는 이미 제 마음속에 들어와 있는걸요."

세라는 헤어지는 게 슬픈 듯 아버지의 목을 와락 껴안았다.

마침내 크루 대령이 탄 마차가 떠나자, 세라는 자기 방 창문에서 마차가 길모퉁이를 돌아 나갈 때까지 지켜보았다.

민친 선생님은 동생인 아멜리아에게 세라를 살펴보고 오도록 했다. 아버지와 헤어진 세라의 모습이 궁금했기 때문이었다.

하지만 아멜리아가 가 보니 문이 잠겨 있었다.

"저 혼자 있고 싶어요."

안에서 세라의 가느다란 목소리가 들려왔다.

통통하고 자그마한 아멜리아는 민친 선생님보다 마음씨가 고
왔지만, 늘 언니를 두려워하고 언니 말을 거스르는 법이 없었
다. 아멜리아는 놀란 얼굴로 아래층으로 내려갔다.

"언니, 이렇게 이상한 아이는 처음 봐. 안에서 문을 잠그고 열
어 주지를 않아."

"그렇다면 다행이지 뭐. 난 또 응석받이로 자라서 울고불고 야
단일 줄 알았는데."

"그런데 언니, 아까 그 애가 짐 정리하는 걸 보았는데 그렇게
비싸고 좋은 물건들은 처음 봤어."

"흥, 다 어리석은 짓이지. 하지만 다 같이 교회에 갈 때 그 아
이를 맨 앞에 세우고 가면 좋아 보이겠네. 그만하면 진짜 공주
같으니까."

민친 선생님이 빈정대듯 말했다.

프랑스어 수업

다음 날 아침, 세라가 교실에 들어가자 아이들은 눈을 동그랗게 뜨고 세라를 바라보았다. 그 안에는 열세 살된 라비니아를 비롯해 네 살밖에 되지 않은 로티까지 여러 아이들이 있었다.

아이들 사이에는 벌써 세라에 대한 소문이 쫘악 퍼졌다. 몇몇 아이들은 벌써 세라의 프랑스 하녀 마리엣을 보기도 했고, 라비니아는 세라의 방 앞을 지나가다가 그 하녀가 배에서 막 도착한 상자를 여는 것을 보았다.

"상자에 주름 장식이 잔뜩 달린 속치마들이 하나 가득 들어 있었어. 쟤가 입고 있는 게 바로 그 속치마야. 아까 자리에 앉을 때 봤지?"

라비니아는 제시에게 말했다.

"발도 정말 작더라. 저렇게 앙증맞은 발은 처음 봤어."

제시가 책상 위에 고개를 숙인 채 속삭였다.

"흥, 신발 때문에 그렇게 보이는 거야. 우리 엄마가 그러는데 큰 발도 작아 보이게 하는 신발이 있대."

라비니아는 심술궂게 말했다.

세라는 조용히 자기 자리에 앉아 자기를 흘깃거리는 아이들을 가만히 바라보았다. 그러고는 기숙사에 두고 온 에밀리를 떠올렸다.

"에밀리야, 내가 학교에서 돌아올 때까지 이거 읽고 있어."

세라는 이렇게 말하며 에밀리를 자기 의자에 앉히고 책을 한 권 안겨 주었다. 그때 마리엣이 어리둥절한 표정을 짓자, 세라는 심각한 얼굴로 말했다.

"제 생각에 인형들도 우리 몰래 여러 가지 일을 하는 것 같아요. 에밀리도 읽고, 말하고, 걸어다니는지 누가 알아요? 하지만 그건 방에 아무도 없을 때의 일이에요. 인형이 뭐든지 할 수 있다는 걸 알면 사람들이 일을 시킬지도 모르니까요."

세라의 말에 마리엣은 아무 대답도 하지 않았다.

'아무튼 별난 아이야.'

마리엣은 그렇게 생각했다. 하지만 그녀는 이 작은 주인이 사랑스러웠고, 이 일자리가 마음에 들었다.

"여러분, 새 친구를 소개하겠어요. 이름은 세라예요. 멀리 인도에서 왔어요. 아시아에 있는 큰 나라지요. 앞으로 모두 사이 좋게 지내도록 해요."

민친 선생님이 세라를 소개하자 아이들은 모두 고개 숙여 인사했다. 세라도 무릎을 살짝 굽혀 공손하게 인사를 했다. 그리고 자리에 앉아 책을 꺼내 공부할 준비를 했다. 그때 민친 선생님이 물었다.

"세라, 아빠가 프랑스 하녀를 데려다 놓은 걸 보면 프랑스어를 열심히 배우기 바라시는 거지?"

세라는 잠시 머뭇거리다가 말했다.

"그것보다는, 아마 제가 좋아할 거라고 생각해서 데려오셨을 거예요."

민친 선생님은 약간 언짢은 듯 말했다.

"넌 너무 응석받이로 자라서 모든 게 다 네가 좋아하니까 그렇게 된 것처럼 생각하는구나. 내 생각엔 아빠가 너의 프랑스어 공부 때문에 그러신 것 같은데."

세라는 얼굴만 약간 붉힌 채 아무 대답도 하지 않았다.

민친 선생님은 세라가 프랑스어를 전혀 모른다고 생각하는 모양인데 그게 아니라고 말하면 건방져 보일 것 같았기 때문이다.

하지만 세라는 프랑스어를 할 줄 알았다. 세라 어머니가 프랑스 사람이었기 때문에 크루 대령은 집에서 프랑스 말을 자주 썼다. 그래서 세라는 어릴 때부터 늘 프랑스 말을 들으며 자라 프랑스어가 익숙했다.

"선생님, 저는 프랑스어를 정식으로 배운 적은 없지만, 그렇지만……."

"그럼 됐어요. 지금까지 안 배웠다면 배우면 되니까. 곧 프랑스어를 가르칠 뒤파르그 선생님이 오실 테니까 그때까지 이 책을 보고 있어."

민친 선생님은 딱 잘라 말했다.

세라는 말없이 책을 펼쳤다. 하지만 첫 장을 펼치는 순간 웃음이 터져 나오려는 걸 간신히 참았다. 거기에는 '르 페르'는 '아버지', '라 메르'는 '어머니'라고 적혀 있었기 때문이다. 이렇게 쉬운 걸 공부한다는 게 좀 이상했다.

세라가 이런 생각을 하고 있을 때 마침 뒤파르그 선생님이 교실에 나타났다. 뒤파르그 선생님은 프랑스어 책을 들여다보고 있는 세라를 보며 말했다.

"새로 온 학생이 있군요. 영리하게 생겼네요."

"네, 저 아이의 아버지 크루 대령은 딸에게 프랑스어를 가르치고 싶어하셨어요. 하지만 세라는 아직 어려서 그런지 별로 좋아하지 않는 것 같군요."

민친 선생님이 말했다.

세라는 창피를 당한 것만 같아 자기 생각을 말하려고 자리에서 벌떡 일어났다. 뒤파르그 선생님만은 자기 마음을 알아줄 것같았기 때문이다. 세라는 프랑스어로 자기 입장을 유창하게 이야기했다.

"선생님, 저는 프랑스 책을 가지고 공부해 본 적은 없습니다. 하지만 저의 어머니가 프랑스 사람이라 어려서부터 아빠를 비롯해 여러 사람이 프랑스어로 이야기를 해서 저도 자연스레 프랑스 말을 배웠답니다. 그래서 제가 민친 선생님께 말씀드리려던 건 이 책에 나오는 건 이미 다 안다는 거였어요."

세라가 입을 열자 민친 선생님은 깜짝 놀라더니 화난 표정을 지은 채 안경 너머로 세라를 노려보았다.

뒤파르그 선생님은 세라의 말을 듣고 무척 기뻐했다.

"이 아이는 별로 가르칠 게 없군요. 프랑스 아이만큼 프랑스 말을 잘 하는걸요."

"그럼, 진작 말했어야지!"

민친 선생님이 무안한 듯 얼굴을 붉히며 소리를 질렀다.

아이들과 뒤파르그 선생님 앞에서 무안을 당한 민친 선생님은, 그때부터 세라를 공연히 미워하기 시작하였다.

가엾은 친구, 어멘가드

    프랑스어 수업 첫날, 세라는 자기 또래의 한 아이가 자기를 뚫어지게 바라보고 있음을 눈치챘다. 눈이 파란 그 아이는 몸이 뚱뚱하고 그다지 영리해 보이지 않았다. 하지만 얼굴은 귀여웠는데 양쪽으로 땋아 내린 금발에는 예쁜 리본을 달고 있었다.

    그 아이는 책상에 두 팔을 올려놓은 채 리본을 잘근잘근 씹으며 놀란 얼굴로 세라를 바라보았다. 자기는 몇 주일 동안이나 '르 페르'가 '아버지'이고 '라 메르'가 '어머니'라는 걸 외우려고 애를 썼는데, 세라가 프랑스 말을 유창하게 하는 걸 보고는 기절할 듯 놀랐다.

    그 아이가 어찌나 세라를 뚫어지게 바라보며 리본을 잘근잘근

씹던지 민친 선생님의 눈에 띄고 말았다.

잔뜩 화가 나 있던 민친 선생님은 곧 호통을 쳤다.

"어멘가드! 공부 시간에 리본을 씹다니, 그게 무슨 짓이냐? 어서 일어나!"

어멘가드는 자리에서 벌떡 일어났다. 그러자 라비니아와 제시가 히죽히죽 웃기 시작했다.

"모두들 조용히 해!"

민친 선생님이 웃는 아이들을 향해 소리를 치자 아이들은 한순간에 조용해졌다.

자리에서 일어난 어멘가드의 눈에는 금세 눈물이 핑 돌았다.

"죄, 죄송합니다."

어멘가드는 작은 소리로 말했다.

세라는 그 모습이 너무 안쓰러워서 어멘가드와 친구가 되고 싶었다. 세라는 누군가 불행한 일을 당하거나 슬픈 일을 당하면 도와주지 않고는 못 견디는 그런 성격이었다.

그날부터 세라는 어멘가드를 좋아하게 되었다. 공부 시간에도 멍하니 앉아 있는 어멘가드를 흘끔흘끔 쳐다보았다. 세라는 어멘가드에게 공부가 너무 무거운 짐임을 알아챘다. 특히 프랑스어 시간에는 딱해서 볼 수가 없었다.

뒤파르그 선생님은 어멘가드가 엉뚱한 발음을 할 때마다 웃음을 참지 못했다. 다른 아이들도 킥킥거리며 웃었다.

'조금도 웃을 일이 아닌데. 남이 쩔쩔매는 것을 보고 웃다니!'

세라는 다른 아이들이 히죽거리며 웃는 것이 못마땅했다.

수업이 끝나자 세라는 시무룩한 얼굴로 창가 의자에 앉아 있는 어멘가드를 찾아가 정답게 물었다.

"너, 이름이 뭐니?"

그러자 어멘가드는 또 한 번 깜짝 놀랐다. 새로 들어온 아이, 그것도 마차와 망아지와 하녀가 있고, 배를 타고 먼 인도에서 온 어머어마한 부잣집 딸이라던 바로 그 아이가 말을 걸어왔기 때문이다.

"내 이름은 어멘가드 세인트 존이야."

"난 세라 크루라고 해. 네 이름 참 예쁘다. 이야기책에 나오는 이름 같아."

"맘에 드니? 난, 네 이름이 맘에 드는데."

어멘가드의 아버지는 훌륭한 학자로 모르는 게 없는 분이었다. 그토록 유식한 아버지에게 어멘가드는 정말 골칫덩어리였다. 어멘가드는 날마다 억지로 공부를 하느라 아이들에게 창피를 당하고 울며 지냈고, 열심히 뭔가를 외웠지만 금방 잊어버리곤 했다. 그러니 세라를 부러운 눈으로 바라보는 건 당연했다.

"너는 정말 프랑스어를 잘하는구나."

어멘가드는 부러운 듯 말했다.

"난 어려서부터 늘 프랑스 말을 들으며 자라서 그래. 누구나 나와 같은 환경에서 자랐으면 잘할 수 있어."

세라는 창가에 놓인 의자에 걸터앉으며 대답했다.

"그렇지만 난 아무리 애써도 안 되는걸. 아까 내 발음 들었지? 난 언제나 그 모양이야. 프랑스 말은 너무 어려워."

어멘가드는 시무룩한 얼굴로 말했다.

세라는 어멘가드의 어두운 표정을 보며 얼른 말머리를 다른 곳으로 돌렸다.

"우리, 에밀리 보러 가자."

세라는 어멘가드의 손을 잡고 2층으로 올라갔다.

그러고는 가만가만 말했다.

"어멘가드, 문까지 소리내지 말고 가자. 갑자기 문을 확 열면

볼 수 있을지도 몰라."

어멘가드는 세라의 말이 무슨 뜻인지 몰라 어리둥절했지만,
어쨌든 재미있는 일이 있을 것만 같아서 발끝걸음으로 세라를
따라갔다.

세라가 손잡이를 돌려 문을 활짝 열자 깔끔하고 아담한 방이
보였다. 방에는 난롯불이 환하게 켜져 있고, 그 옆 의자에는 너
무나도 예쁜 인형이 앉아 책을 읽고 있었다.

"어머, 우리에게 들킬까 봐 어느새 재빨리 의자에 앉아 있네.
인형들은 정말 행동이 번개처럼 빠르단 말이야."

세라가 아쉬운 듯 말했다.

"저 인형이 걸을 줄 안다고?"

어멘가드는 놀란 눈으로 세라와 인형을 번갈아 바라보았다.

"응, 나는 그렇게 생각해. 뭐든지 그렇게 믿으면 정말 생각대
로 되는 것 같거든. 너는 그래 본 적 없니?"

"아니, 한 번도 없어. 그 얘기 좀 더 해 줘."

어멘가드는 이 특이한 새 친구에게 쏙 빠져 재촉했다.

"그건 너무 쉬워서 한번 시작하면 그치질 못하고 계속하게 된
단다. 아름답기도 하고. 에밀리, 잘 들어. 이 친구는 어멘가드
야. 그리고 이 쪽은 에밀리란다. 한번 안아 볼래?"

"어머, 그래도 돼? 정말 예쁘다!"

어멘가드는 두 팔로 에밀리를 덥석 안았다.

어멘가드는 이 기발한 새 친구와 보내는 시간이 너무나 즐거웠다. 지금까지의 따분하고 괴롭던 학교 생활과는 딴판이었다.

세라는 양탄자에 앉아 초록빛 눈을 반짝이며 신기한 여러 이야기들을 들려주었다. 하지만 어멘가드에게 가장 신기한 것은 항해와 인도에 관한 것보다 걸어다니고 말도 한다는 인형에 관한 것이었다.

그런데 그때였다. 세라는 아버지와 함께 에밀리를 찾아다닌 이야기를 하다가 갑자기 슬픈 표정을 지었다. 그러나 곧 마음을 가라앉히곤 조그맣게 물었다.

"넌 세상에서 아빠를 제일 사랑하니?"

어멘가드는 입을 꾹 다문 채 한참을 잠자코 있었다. 아버지와 함께 있는 단 10분도 어떻게든 피하고 싶다는 걸 차마 새 친구에게 말을 할 수가 없었다.

어멘가드는 더듬거리며 말했다.

"난 아빠를 별로 만나지 못해. 우리 아빠는 늘 서재에서 책만 읽고 계시는걸."

"그러니? 난 아빠를 이 세상 그 무엇보다 좋아해. 내 마음이 아픈 건 그런 아빠가 너무 멀리 계시기 때문이야."

세라는 얼굴을 무릎에 묻고는 한동안 꼼짝 않고 앉아 있었다.

'저러다가 갑자기 울음을 터뜨릴지도 몰라.'

어멘가드는 걱정이 되었다.

하지만 세라는 울지 않았다. 세라는 여전히 얼굴을 무릎에 묻은 채 말했다.

"아빠한테 잘 견디겠다고 약속했어. 난 씩씩하게 참을 테야. 군인들을 봐! 아빠도 군인이시거든. 전쟁이 나면 행군을 하느라 갈증이 나기도 하고, 때로는 상처를 입고도 말없이 꿋꿋하게 견디잖아. 나도 참을 거야."

어멘가드는 아무 말 없이 세라를 바라보았다. 갑자기 세라가 말할 수 없이 좋아졌고, 세라가 정말 훌륭한 아이이며 다른 아이들과는 너무나 다르다는 생각을 했다.

어멘가드가 조심스럽게 말했다.

"우리 학교에서 라비니아와 제시는 단짝이란다. 그래서 언제나 사이좋게 붙어다녀. 우리도 그 아이들처럼 단짝이 되지 않을래? 물론 넌 똑똑하고 난 멍청하지만……. 그렇지만 난 네가 정말 좋아!"

"그래, 어멘가드. 우리 좋은 친구가 되자. 내가 프랑스어 공부를 도와줄게."

어멘가드는 뛸 듯이 기뻤다. 세라의 얼굴도 갑자기 환해졌다.

꼬마 엄마

세라는 민친 여학교에서 귀빈 대접을 받았다.

어느 날, 세라는 어멘가드에게 말했다.

"나한테 좋은 일들이 많은 건 모두 우연히 그렇게 된 거야. 정말 우연히도 난 책 읽고 공부하는 걸 좋아하고, 게다가 멋있고 마음씨 좋고 내가 원하는 건 뭐든지 다 사 주시는 아빠의 딸로 태어난 거야. 모든 게 다 우연이야."

세라는 잠시 심각한 표정을 짓더니 말을 이었다.

"그래, 난 어쩌면 나쁜 아이인지도 몰라. 다만, 아무런 어려운 일을 당해 보지 않아서 그 사실을 모를 뿐이지."

"그렇지만 라비니아는 아무 어려움도 없는데, 성격이 아주 고

약하잖아."

세라는 한동안 진지한 표정으로 자기 코끝을 만지작거리다가
말했다.

"그건 아마 라비니아가 어른이 되어 가고 있기 때문일 거야."

세라는 언젠가 아멜리아한테, '라비니아가 자기 나이보다 빨리
어른이 되어 가느라 성질이 변하나 보다.'라고 한 말을 떠올렸다.

사실, 라비니아는 심술이 많고 세라에 대해 강한 질투심을 갖
고 있었다. 라비니아는 세라가 오기 전에는 자기가 우두머리였
다고 생각했다. 라비니아가 우두머리 역할을 할 수 있었던 건
바로 다른 아이들이 말을 듣지 않으면 라비니아가 아주 고약하
게 굴었기 때문이다. 라비니아는 얼굴이 예쁜데다가 옷도 값비
싼 것만 입어 전교생이 행사에 참여할 때는 으레 맨 앞에 서곤
했다.

그런데 세라가 벨벳 외투에 검은 털 토시, 타조깃이 달린 모자
를 쓰고 나타나자 민친 선생님은 라비니아 대신 세라를 행렬의
맨 앞에 세웠다.

라비니아는 세라가 착한 마음씨 때문에 아이들의 우두머리가
되어 가는 걸 보고 더욱 화가 치밀었다.

세라가 건방지지 않은 건 사실이었다. 세라는 아주 친절했고,

자기가 가지고 있는 물건도 선선히 아이들에게 나눠 줬으며, 어린 하급생이 넘어지면 얼른 달려가서 일으켜 주고, 호주머니에서 사탕 같은 것을 꺼내 주며 달래곤 했다.

언젠가 라비니아가 로티를 '꼬마'라고 놀리며 때리는 걸 본 세라는 자기보다 여섯 살이나 위인 라비니아를 매섭게 나무랐다.

"왜 어린 학생을 때리는 거야? 이제 겨우 네 살인데. 그렇지만 내년에는 다섯 살이 되고, 내후년에는 여섯 살이 되고……. 그리고 16년만 있으면 스무 살이야. 그런데 나이를 좀 더 먹었다고 으스대면 되겠니?"

세라는 눈을 크게 뜨고 따지듯 말했다.

"얘, 너 어떻게 그런 걸 다 계산하니?"

16에 4를 더하면 20이 되는 것쯤은 누구나 다 아는 사실이지만, 아무리 영리한 아이들도 '스무 살이 되는 것'을 생각해 내지는 못했다.

세라는 이렇게 자기보다 나이가 어린 아이나 자기 또래 아이들의 편을 들어 주었다. 그리고 때때로 아이들을 자기 방으로 초대해서 다과회를 열기도 했다. 하급생들은 에밀리를 데리고 놀았다. 그리고 꽃무늬가 그려진 에밀리의 찻잔으로 차를 마셨다. 모두들 그렇게 진짜 같은 인형은 처음 보았다.

날이 갈수록 아이들은 세라를 무척 따랐다. 그중에서도 어머니가 없는 로티가 세라를 제일 좋아했다.

로티의 아버지는 아내가 죽자 어린 딸을 어찌해야 좋을지 몰라 이 학교로 보냈다. 그런 로티에게는 아주 나쁜 버릇이 있었다. 무엇이든지 갖고 싶은 게 있거나 기분 나쁜 일이 생기면 울면서 소란을 피우는 것이었다. 로티는 어머니가 없기 때문에 사람들이 자기에게 친절하게 대해 준다는 것을 알고, 걸핏하면 그걸 믿고 심하게 떼를 쓰곤 했다.

어느 날 아침이었다. 세라는 응접실 앞을 지나다가 민친 선생님과 아멜리아가 앙앙 우는 로티를 달래려고 쩔쩔매는 것을 보았다. 민친 선생님은 참다 못해 버럭 화를 냈다.

"대체 왜 우는 거야, 엉?"

"앙앙앙! 난 엄마가 없어, 난 엄마가 없어!"

"로티, 제발 그만 좀 울어! 응? 착한 아이는 울지 않는 거야."

아멜리아도 애써 달랬다. 하지만 로티는 막무가내였다.

"앙앙, 앙앙! 난 엄마가 없어, 엄마가 없단 말이야!"

"에잇, 듣기 싫어. 로티, 어서 그치지 못하겠니? 아무래도 맞아야겠구나!"

그러자 로티는 더 큰 소리로 울어 댔고, 마음 약한 아멜리아도

덩달아 울음을 터뜨렸다.

민친 선생님은 점점 더 불같이 화를 내다가 할 수 없다는 듯 휙 방을 나가 버렸다.

세라는 복도에 선 채 방으로 들어가야 할지 어떨지 망설였다. 요 며칠 사이 친해진 로티를 어쩌면 자기가 달랠 수 있을 것 같았다.

민친 선생님은 방에서 나오다가 복도에 서 있는 세라를 보자 언짢은 표정을 지었다. 방 안에서 로티에게 크게 소리를 지르고 화를 낸 게 아무래도 꺼림칙했기 때문이다.

"아, 세라구나!"

민친 선생님은 억지로 웃으며 물었다.

"선생님, 로티가 너무 심하게 울어서요. 제가 달래 볼까요?"

"그래? 넌 뭐든지 잘하니까, 어쩌면 저 애를 달랠 수 있을지도 모르지. 어서 들어가 봐."

민친 선생님은 빈정대는 말투로 대답했다.

세라가 방 안에 들어가 보니 로티는 방바닥에 엎드려 발버둥을 치며 울고 있었다. 아멜리아는 얼굴이 벌겋게 달아오른 채 쩔쩔매며 로티를 내려다보고 있었다.

"가엾은 로티, 나도 네가 엄마가 없다는 걸 알아. 그러니 제발 그만 좀⋯⋯."

아멜리아는 부드럽게 달랬다. 그래도 로티가 울음을 그치지 않자 금방 무서운 목소리로 야단쳤다.

"로티, 빨리 안 그치면 막 흔들어 버릴 거야. 그리고 회초리로 맞을 줄 알아!"

그래도 로티는 울음을 그치지 않았다.

세라도 어떻게 해야 좋을지 알 수가 없었다. 하지만 화를 내서는 안 될 것만 같았다. 세라는 조용히 나서서 말했다.

"아멜리아 선생님, 민친 선생님이 저에게 로티를 달래 보라고 하셨어요. 그래도 될까요?"

"그래? 그럼 네가 달래 보렴. 난 정말 이렇게 지독한 아이는

처음이란다. 아무래도 내보내야만 될 것 같아."

아멜리아는 세라에게 맡기게 된 게 다행이라는 듯 방을 나갔다. 세라는 아무 말 없이 계속 울어 대는 로티를 내려다보다가 그 옆에 주저앉아 울음이 그치기를 기다렸다. 방 안에는 온통 로티의 울음소리뿐이었다.

로티는 울면서 이상하다는 생각을 했다. 지금까지는 울기만 하면 으레 누군가가 야단을 치거나 달래 줬는데, 아무리 발버둥을 치고 울어도 옆에 있는 사람이 잠자코 있는 게 아닌가?

한참 울던 로티는 손등으로 눈물을 닦고 슬쩍 바라보았다. 그런데 그 사람은 뜻밖에도 세라였다. 세라가 생각에 잠긴 듯한 얼굴로 자기를 찬찬히 살펴보고 있었다. 로티는 다시 울기 시작했다. 그러나 옆에 말없이 있는 세라가 마음에 걸려 아까처럼 큰 소리로 울 수가 없었다.

"엉엉, 난 엄마가 없어."

로티는 겸연쩍은 듯 울먹이며 말했다.

"나도 엄마가 안 계셔."

세라는 또렷한 목소리로 말했다.

그러자 로티는 너무 놀라 발버둥을 치다 말고 누운 채로 세라를 쳐다보았다.

"정말 엄마가 없어?"

"그래."

"어디 있어?"

세라는 한동안 아무 대답도 하지 않고 하늘나라에 계신다는 어머니를 생각했다.

"우리 엄마는 하늘나라에 계셔. 하지만 가끔 나를 보러 오시는 것 같아. 내가 엄마를 볼 수는 없지만 말이야. 너희 엄마도 그러실 거야. 두 분 다 지금 우리를 보고 계실지 모르지. 어쩜 이 방에 와 계실 수도 있어."

로티는 벌떡 일어나 사방을 두리번거렸다. 로티는 예쁘고 작았으며, 곱슬머리에 동그란 눈은 마치 물망초처럼 맑았다.

세라는 로티에게 자기가 생각하는 하늘나라에 대해 이야기해 주었다.

"그곳은 늘 꽃이 활짝 피어 있고, 바람이 불 때마다 꽃향기가 사방으로 퍼져 나가는 아름다운 곳이란다. 아이들은 꽃들이 활짝 핀 들판을 뛰어다니며 꽃을 한아름씩 꺾어다가 화환을 만들고, 거기 사는 사람들은 가고 싶은 곳이면 어디든 둥둥 떠다닐 수가 있어."

로티는 세라 옆에 바짝 다가가서 한 마디도 빼놓지 않고 다 들었다. 그런데 얘기가 너무 빨리 끝나자 아쉬운 나머지 또다시 울음을 터뜨리려 했다.

"나도 거기 가고 싶어. 여긴 엄마가 없잖아."

세라는 로티의 작고 포동포동한 손을 두 손으로 잡고는 상냥한 얼굴로 말했다.

"하늘나라는 아무나 마음대로 갈 수 있는 곳이 아니야."

"그럼, 난 언제 하늘나라에 가서 엄마를 만나 볼 수 있어?"

"아주 오래 기다려야 해. 그 대신 로티야, 내가 네 엄마가 되어 줄게. 네가 내 딸이라고 하자. 에밀리는 네 동생이고."

"정말?"

어느새 로티의 얼굴에 귀여운 보조개가 패었다.

"우리 얼른 에밀리한테 가서 그 이야기를 해 주자."

"야아, 신난다!"

로티는 조금 전의 일은 까맣게 잊은 채 세라를 따라 깡충깡충 2층에 있는 세라의 방으로 뛰어갔다.

세라는 그렇게 로티의 엄마가 되었다.

따뜻한 인정

민친 여학교에서 가장 인기가 좋은 아이는 세라였다. 그건 세라가 가진 아름답고 화려한 물건 때문이 아니라 이야기를 잘하기 때문이었다. 세라는 아무리 시시한 일이라도 재미있게 이야기하는 재주가 있었다. 세라를 시기하는 라비니아를 비롯한 몇몇 아이들조차 세라가 이야기를 하면 귀를 기울여 듣곤 할 정도였다.

아이들은 쉬는 시간이 되면 세라에게 재미있는 이야기를 해 달라고 졸라 댔다. 세라가 아이들에게 빙 둘러싸여 신기한 이야기를 지어 낼 때면 초록색 눈은 점점 더 초롱초롱해지고 두 뺨은 발갛게 물들었다.

"난 이야기를 할 때면 꾸며 낸 게 아니라 정말 사실 같아. 너희들이 이 교실에 있는 것처럼 진짜 있는 일 말이야."

세라는 이렇게 말하곤 했다.

세라가 민친 여학교에 온 지 2년이 지난, 안개가 자욱하게 낀 어느 겨울날이었다. 세라는 부드러운 털이 달린 따뜻한 벨벳 코트를 입고 마차에서 내려 길을 건넜다. 그때 재가 묻어 얼굴이 얼룩덜룩한 작은 소녀가 지하실로 내려가는 층계에 선 채 자기를 보려고 발돋움하는 것을 보았다.

세라는 그 소녀와 눈이 마주치자 방긋 웃어 보였다. 하지만 그 소녀는 세라를 바라본 게 무슨 죄나 되는 듯 겁에 질린 얼굴로 재빨리 부엌으로 도망쳐 버렸다.

그날 저녁, 세라가 다른 때처럼 친구들에게 둘러싸여 신이 나서 이야기를 하고 있을 때였다. 낮에 본 조그맣고 초라해 보이는 소녀가 무거운 석탄통을 들고 들어왔다. 그러고는 세라의 이야기에 방해가 되지 않도록 손으로 석탄을 한 개씩 집어서 가만가만 난로 속에 넣었다.

세라는 그 가엾은 어린 하녀가 자기 이야기를 듣기 위해 일부러 느릿느릿 일하고 있다는 걸 알아채고는 좀 더 또렷하고 큰 목소리로 말했다.

"인어는 초록빛 깊은 바닷속을 천천히 헤엄쳐 갔어요. 왕자님은 바위 뒤에 앉아서 인어를 바라보고 있었어요."

이것은 바닷속 빛나는 동굴에서 왕자의 사랑을 받으며 살게 된 인어 공주에 대한 이야기였다.

소녀는 세라의 이야기를 들으며 바닥을 닦더니 다시 또 닦았다. 그러더니 또 한 번 닦는 게 아닌가. 세 번째 닦을 때는 이야기에 빠져든 나머지 자기가 들을 자격이 없다는 것도 잊고 난로 앞에 꿇어앉은 채 이야기를 들었다.

그때 소녀의 손에서 난로 청소를 할 때 쓰는 솔이 바닥으로 툭 떨어졌다.

라비니아가 그 소리를 듣고 얼른 뒤를 돌아보았다.

"너, 세라의 이야기를 듣고 있었구나!"

그러자 소녀는 깜짝 놀라서 얼른 솔을 주워들더니 석탄통을 들고 재빨리 밖으로 나갔다.

"그 아이가 내 이야기를 들어서는 안 되니?"

세라는 화가 나서 말했다.

"우리 엄마는 부엌일이나 하는 하녀하고는 얘기를 못 하게 하시거든. 너의 엄마는 어떠실지 모르지만."

라비니아는 한껏 으스대며 말했다.

"우리 엄마 같으면 그런 일쯤은 아무렇지도 않게 여기실 거야. 얘기란 누구나 들을 수 있다는 걸 우리 엄마는 알고 계시거든."

"뭐? 너의 엄마는 돌아가셨다고 들었는데, 있지도 않은 엄마가 어떻게 아시니?"

라비니아가 빈정대며 물었다.

"넌 우리 엄마가 모르실 거라고 생각하니?"

세라는 아주 정색을 하며 물었다.

그때 로티가 말참견을 하고 나섰다.

"맞아, 세라의 엄마는 뭐든지 다 아셔. 우리 엄마도 마찬가지고. 세라가 그러는데 지금 하늘나라의 아름다운 꽃동산에서 살고 계시대."

"어머, 천국에 대해 함부로 이야기를 지어 내다니!"

라비니아가 세라에게 말했다.

"성경에는 그보다 더 멋진 얘기들이 있어. 너도 한번 읽어 봐. 그럼 내 얘기가 정말이라는 걸 알 수 있을 거야."

세라는 야무지게 말했다. 그러고는 한마디 덧붙였다.

"넌 다른 사람에게 좀 더 친절할 필요가 있어. 그렇지 않으면 얘기의 재미 같은 것도 알지 못할 거야. 로티, 그만 가자!"

세라는 쌀쌀맞게 내뱉고는 로티를 데리고 방을 나왔다.

그날 밤, 세라는 마리엣에게 물었다.

"마리엣, 난로에 불을 피우러 오는 그 작은 아이는 누구예요?"

그러자 마리엣은 그 소녀에 대해 자세히 이야기를 해 주었다.

"얼마 전부터 부엌일을 맡게 된 불쌍한 아이랍니다. 늘 난로의 쇠창살을 닦고, 석탄통을 나르고, 마루를 닦는 등 온갖 궂은 일을 도맡아 하지요."

"이름이 뭐예요?"

"베키라고 해요. 아래층 사람들이 하도 '베키, 베키!' 하고 부르길래 알았어요."

세라는 마리엣이 나간 뒤에도 베키에 대해 생각했다.

그러던 어느 날 오후였다. 자기 방으로 들어서던 세라는 깜짝 놀랐다. 따뜻하게 불이 밝혀진 난롯가에 놓인, 세라가 제일 좋아하는 안락 의자에, 얼굴과 앞치마 여기저기에 석탄가루가 묻은 베키가 다 낡은 머릿수건이 귀 밑까지 흘러내린 것도 모르고, 석탄통을 옆에 놓은 채 곯아떨어져 있었기 때문이었다.

그날 베키는 일찍부터 기숙사의 방들을 차례로 청소하다가 마지막으로 세라의 방에 들렀다. 베키가 세라의 방을 제일 나중에 청소하는 이유는 그곳에 가면 정말 마음이 편했고, 푹신한 의자에 앉아 얼마 동안 쉴 수 있기 때문이었다. 베키는 곧 일어날 생각으로 잠깐 의자에 앉았는데 따스한 난롯불을 쬐자 자기도 모르게 스르르 눈이 감겨 버렸다.

그날 세라는 무용 수업이 있었다. 일주일에 한 번 있는 그 시간이 되면 아이들은 제일 예쁜 옷으로 차려입고 잔칫날처럼 흥겨워했다. 세라는 춤을 아주 잘 췄다. 그래서 아이들 앞에 불려 나가 자주 춤을 추었기 때문에 마리엣은 늘 세라에게 아름다운 옷을 입혔다.

오늘도 마리엣은 세라에게 장밋빛 벨벳 옷을 입히고, 머리에도 진짜 장미꽃으로 화관을 만들어 주었다.

즐겁게 춤을 추고 난 세라는 기쁨으로 뺨이 발그스레 물든 채
방에 들어섰다가 베키를 본 것이다.

"아이, 가엾어라!"

세라는 자기가 좋아하는 의자에서 누추한 베키가 제멋대로 자
고 있는데도 조금도 불쾌하지 않았다. 오히려 베키가 거기 있다

는 게 다행스러웠다. 베키가 잠에서 깨어나면 이야기를 나눌 수 있을 테니까. 세라는 조용히 다가가 잠든 베키를 지켜보았다.

바로 그 순간, 벌겋게 달구어진 석탄 한 덩이가 난로 아래로 무너져 내리는 소리가 났다. 베키는 깜짝 놀라 눈을 떴다. 그러고는 방을 둘러보았다. 잠깐 난롯가에 앉아 있었는데 너무나도 아름다운 장밋빛 요정 같은 세라가 자기를 빤히 바라보고 있었다. 베키는 의자에서 벌떡 일어나 바닥에 무릎을 꿇고는 어찌할 바를 몰라 쩔쩔맸다.

"아, 아가씨. 용서해 주세요. 한 번만 용서해 주세요. 난롯불이 너무 따뜻해서, 그만 깜빡 잠이 들었어요."

베키는 잔뜩 겁에 질려 더듬거리며 말했다.

"괜찮아. 넌 너무 지쳐서 자기도 모르게 잠이 든 거야. 그런데 왜 벌써 깼어?"

세라는 상냥하게 웃으며 베키의 어깨에 두 손을 얹었다.

베키는 어리둥절한 얼굴로 세라를 쳐다보았다. 지금까지 이렇게 친절한 말은 들어 본 적이 없었기 때문이다. 베키는 언제나 남에게 꾸지람만 들어 왔다. 그런데 이 장밋빛 무용복을 입은 아가씨가 어깨에 다정하고 부드러운 손을 얹고 위로를 해 주자 베키는 눈시울이 뜨거워졌다.

석탄재로 얼룩진, 베키의 겁에 질린 얼굴을 본 세라는 말할 수 없이 마음이 아팠다. 세라는 베키의 얼굴을 두 손으로 감싸며 조용히 말했다.

"할 일은 다 끝냈니? 여기서 좀 놀다 가면 안 돼?"

"제가 여기서요?"

베키는 너무 뜻밖의 말이라 눈을 동그랗게 뜨고 물었다.

세라는 얼른 문을 열고 밖을 둘러보고 나서 말했다.

"밖엔 아무도 없단다. 잠깐 놀다 가. 음, 과자 좀 줄까?"

세라는 찬장에서 과자를 꺼내 주었다.

베키는 한참을 망설이다가 과자를 받았다.

"맛이 어때? 너무 급히 먹지 마. 체하겠어."

세라가 웃는 얼굴로 다정하게 말하자, 베키는 점점 안심이 되어 나중에는 용기를 내어 세라에게 말을 걸었다.

"전에 공주님을 뵌 적이 있어요. 코벤트 가든 앞에서 사람들이 많이 모여서 오페라 극장으로 들어가는 걸 구경하는데 사람들이 '저기 봐, 공주님이야.' 하고 수군거리는 걸 보았어요. 드레스와 망토, 꽃이 모두 분홍색이었어요. 아까 아가씨가 탁자 앞에 앉아 있는 걸 봤을 때 그 공주님 생각이 났어요. 아가씨는 그 공주님과 정말 똑같아요."

"난 가끔 내가 공주라면 기분이 어떨까, 생각하곤 했어. 그래, 지금부터 공주가 되었다고 생각할 테야."

세라는 베키가 자기 말을 알아듣지 못한다는 걸 알아차리고 다른 걸 물어보았다.

"베키, 지난번에 난롯불을 지피러 왔을 때 내 얘기 듣고 있었지?"

"네, 아가씨. 들으면 안 된다는 걸 알고 있었지만 너무 재미있어서 그랬어요."

"난 일부러 큰 소리로 얘기했어. 너도 들으라고 말이야. 난 사람들이 내 이야기를 열심히 들어 주는 게 제일 좋아. 그 다음 이야기를 계속해서 들려줄까?"

"네, 들려주세요! 왕자님과 머리에 별을 단 인어 공주 이야기를요!"

베키는 숨이 멎을 듯 놀라 말했다.

"지금은 시간이 없지만 네가 방 청소를 하러 오는 시간을 알려 주면 내가 날마다 조금씩 들려줄게."

"아가씨, 그러면 석탄통이 아무리 무겁고, 요리사가 아무리 구박을 해도 이야기를 들을 수 있다는 사실을 생각하면서 다 견딜 수 있을 것 같아요."

베키는 기쁨에 들떠 말했다.

그러고는 아까 무거운 석탄통을 들고 힘겹게 2층으로 올라오던 때와는 전혀 딴사람이 되어 내려갔다. 호주머니에는 과자가 들어 있고, 배도 부르고, 온몸이 훈훈해진데다가 무엇보다도 마음속에 세라가 들어 있었기 때문이다.

베키가 나간 뒤, 세라는 여느 때와 마찬가지로 의자에 걸터앉아 턱을 괴고 혼자서 중얼거렸다.

"내가 진짜 공주라면 얼마나 좋을까? 가난한 백성들에게 마음껏 선물도 나눠 줄 텐데. 하지만 가짜 공주라도 친절을 베풀 수는 있어. 베키는 내가 과자를 조금 주었더니 큰 선물을 받은 것처럼 기뻐했잖아. 그래, 오늘은 내가 공주가 되어 선물을 나눠 주는 것처럼 상상해 봐야지."

다이아몬드 광산

　그러던 어느 날, 모든 학생들의 가슴을 두근거리게 하는 일이
일어났다. 그것은 세라의 아버지인 크루 대령이 보내 온 편지
때문이었다.

　편지 내용은 이랬다. 크루 대령에게 학창 시절 둘도 없이 친하
게 지냈던 친구가 찾아왔는데, 그는 다이아몬드 광산을 개척해
다이아몬드를 캐기 시작했다고 한다. 그런데 그가 크루 대령에
게도 동업자로 참여할 수 있는 기회를 주어 엄청난 돈을 벌게 해
주겠다는 내용이었다.

　세라에게 온 편지 내용 가운데 '다이아몬드 광산'이라는 말은
'아라비안나이트'만큼이나 아이들의 흥미를 끌었다.

세라는 그 말이 너무 재미있어서 어멘가드와 로티에게 땅속에 있는 다이아몬드 광산을 그려 주었다.

하지만 라비니아는 너무나 샘이 나서 다이아몬드 광산 같은 건 없다고 코웃음쳤다.

"우리 엄마는 40파운드짜리 다이아몬드 반지를 가지고 있는 데 그것도 큰 거래. 그런데 다이아몬드가 잔뜩 쌓인 광산이 있다면 세상에는 온통 부자투성이겠네?"

"하지만 세라의 집은 지금도 부자인데, 다이아몬드를 캐서 더 부자가 되면 어쩌지? 그 애는 늘 자기가 공주인 척하는데. 세라 는 무슨 '척'하는 걸 잘하잖아. 어멘가드에게도 공주님인 척하라 고 했는데, 어멘가드가 자긴 너무 뚱뚱해서 공주가 될 수 없다 고 했다나."

제시가 키득키득 웃으며 말했다.

"홍, 그건 맞는 말이지. 어멘가드는 너무 뚱뚱하고, 세라는 또 너무 삐삐 말라서 둘 다 공주가 되기는 틀렸어. 하긴 세라는 거 지가 되어도 자기가 공주인 척할 애야. 우리, 앞으로 세라를 공 주님이라고 부를까?"

라비니아는 입을 삐죽이며 말했다.

이렇게 라비니아와 제시가 수다를 떨고 있을 때였다. 문이 조용히 열리더니 세라가 들어왔다. 그 뒤에는 늘 강아지처럼 세라만 졸졸 따라다니는 로티가 있었다.

"흥, 호랑이도 제 말 하면 온다더니 저기 오는군. 울보 꼬마를 데리고 말이야. 그렇게 좋으면 왜 자기 방에서 같이 살지 않는 거야?"

라비니아가 빈정거렸다.

세라와 로티가 함께 들어온 건 로티가 갑자기 교실에서 놀고 싶다며 세라에게 같이 가자고 졸랐기 때문이다.

로티는 한 구석에서 놀고 있는 아이들한테로 달려갔고, 세라는 창가 의자에 앉아 책을 읽기 시작했다. 그것은 프랑스 혁명에 관한 책이었다.

세라는 바스티유 감옥에 갇혀 있던, 머리가 온통 허옇게 세고 텁수룩한 수염이 난 죄수들의 무서운 모습이 그려진 그림을 정신없이 들여다보고 있었다.

그때 갑자기 로티의 울음소리가 들려왔다. 순간적으로 세라는 속이 상했다. 세라는 책을 읽을 때 누가 방해하는 걸 제일 싫어했기 때문이다. 세라는 마지못해 책을 내려놓고 의자에서 일어났다.

로티는 교실 안을 쿵쿵 뛰어다니다가 라비니아와 제시에게 부딪쳐 넘어져서 포동포동한 무릎이 약간 벗겨지고 말았다. 그래서 엉엉 울며 팔짝팔짝 뛰고 있었다.

"어서 뚝 그치지 못해! 이 울보 같으니라고!"

라비니아가 소리를 질렀다.

"그래. 로티야, 내가 1페니 줄게. 응?"

제시도 빈정거리며 말했다.

"칫, 누가 돈 달랬어? 몰라, 몰라! 앙앙!"

로티는 무릎에 맺힌 피를 보며 또다시 울음을 터뜨렸다.

세라가 얼른 달려와 무릎을 꿇고 로티를 껴안았다.

"로티야, 왜 그래?"

"쟤들이 나보고 울보라고 하잖아."

로티는 분한 듯 울먹이며 말했다.

"그렇다고 울면 어떡해. 로티야, 너 나하고 약속했잖아. 이제 다시는 울지 않는다고. 내가 이제부터 네 엄마라고 말이야."

로티는 그제야 안심한 듯 훌쩍거리며 세라의 품에 안겼다.

"나랑 같이 저쪽 창가로 가자. 내가 재미있는 얘기 해 줄게."

"다이아몬드 광산 얘기?"

로티는 언제 울었냐는 듯 신이 나서 코를 벌름거렸다.

그때 라비니아가 나서서 소리를 질렀다.

"뭐, 다이아몬드 광산이라고? 네가 뭘 안다고 마구 지껄이는 거야? 한 대 때려 줄까 보다!"

그러자 세라가 자리에서 벌떡 일어났다. 그러잖아도 책에 정신을 쏟고 있다가 로티를 달래려고 오느라 기분이 언짢았는데, 라비니아가 빈정대자 더욱 화가 치밀었다.

"흠, 네 주먹이 얼마나 세다고 툭하면 사람을 때려 준다는 거야? 난 오히려 너를 때려 주고 싶어. 하지만 꾹 참겠어."

그러자 라비니아도 지지 않고 빈정거렸다.

"네, 잘 알겠습니다. 공주마마, 제가 잘못했어요. 우리 학교에 공주님 같은 분이 계시다는 게 그저 영광일 뿐이지요."

세라는 화가 나서 마치 라비니아의 뺨이라도 한 대 후려칠 기세로 다가갔다.

무엇이 된 것처럼 상상하며 노는 건 세라가 제일 좋아하는 놀이였다. 하지만 자신을 공주라고 여기며 노는 놀이는 아직 남에게 얘기하고 싶지 않은 비밀이었다.

그런데 그걸 여러 사람 앞에서 라비니아가 놀려 대자 세라는 너무 화가 나서 얼굴이 빨개지고 귀가 멍해지는 느낌이었다.

하지만 진짜 공주라면 이렇게 화를 내지는 않을 것이다. 세라는 손을 내리고 조용하고 차분한 목소리로 말했다.

"그래, 난 때때로 내가 공주라는 상상을 해. 그렇게 해서 진짜 공주처럼 행동하고 싶은 거야. 그런데 네가 무슨 참견이니?"

라비니아는 세라의 말에 뭐라고 대꾸해야 할지 몰랐다. 라비니아는 어찌 된 일인지 세라와 얘기를 하다 보면 이렇게 말문이 탁 막힐 때가 많았다.

라비니아는 겨우 대답할 말을 생각해 냈지만 그건 별로 신통한 말이 아니었다.

"아이구, 그러세요? 부디 앞으로 여왕님이 되더라도 우릴 잊지 말아 주시길……."

"그래, 알았어."

세라는 야멸차게 대답한 뒤, 라비니아가 제시의 팔을 잡고 교실을 나갈 때까지 라비니아를 노려보았다.

이런 일이 있은 뒤부터 세라를 시기하는 아이들은 말끝마다 '공주'라고 부르며 놀렸고, 세라를 좋아하는 아이들은 세라에 대한 사랑의 표시로 '공주'라고 불렀다.

이 사실을 알게 된 민친 선생님은 학부형들이 학교에 찾아오면 자랑스러워하며 그 이야기를 꺼냈다. 공주님이라는 말이 마치 왕족들이 다니는 여학교라는 인상을 주는 듯했기 때문이다.

베키는 그처럼 세라에게 어울리는 별명은 없다고 생각했다.

안개가 낀 어느 날 오후 세라의 푹신한 의자에 앉아 잠들었다가 놀라 깬 뒤부터 둘은 아주 가까운 친구가 되었다.

때때로 베키는 세라에게 재미있는 이야기를 들으며 맛있는 과자와 케이크를 얻어먹었다. 베키는 그 자리에서 다 먹어치울 때도 있지만 때로는 다락방에 가서 먹으려고 주머니 속에 넣어 두기도 했다.

언젠가 베키가 말했다.

"하지만 아가씨, 이걸 먹을 때는 조심하세요. 부스러기가 떨어지면 쥐들이 모여드니까요."

"뭐? 쥐가 온다고? 네 방에는 쥐가 있니?"

세라는 겁에 질린 얼굴로 물었다.

"그럼요, 얼마나 많은데요. 제가 자는 다락방에는 큰 쥐도 있고 생쥐도 있어요. 처음에는 쥐들이 뛰어다니는 소리가 정말 시끄러웠는데, 이제는 아무렇지도 않아요. 제 얼굴이나 베개 위에만 안 올라온다면요."

"어머, 징그러워라!"

"그렇지만 뭐든지 익숙해지면 괜찮아요. 저처럼 하녀로 태어나면 무엇이든지 익숙해져야만 해요."

그런데 베키가 일이 바쁜 날은 이 따스하고 아늑한 방에서 단 몇 분밖에 머물지 못했다. 그럴 때면 세라는 베키와 이야기를 몇 마디 주고받고는 얼른 주머니에다 먹을 것을 넣어 주곤 했다.

어느 날 세라는 상점에서 고기 파이를 사다가 베키에게 주었는데, 베키는 그걸 받고는 눈이 휘둥그레졌다.

"아, 아가씨, 이걸 먹으면 정말 배가 부를 거예요. 카스텔라는 맛은 있지만 금방 배가 꺼져 버려요. 하지만 이건 한참 동안 배가 든든할 거예요."

베키는 그 뒤 세라의 방에서 고기 파이나 쇠고기를 끼운 샌드위치, 소시지 샌드위치 같은 것을 자주 먹었다. 이런 음식을 먹고 나면 베키는 아무리 고된 일을 해도 덜 지치고, 말할 수 없이 무겁던 석탄통도 가볍게 느껴졌다.

베키는 석탄통이 아무리 무거워도, 요리사가 무섭게 화를 내도, 오후에 세라의 방에 가서 지낼 행복한 시간을 생각하면 고기 파이나 과자가 없다 해도 마냥 즐거웠다.

베키는 언제나 힘들었기 때문에 별로 웃는 일이 없었다. 그런데 세라는 베키를 곧잘 웃게 만들었고, 또 함께 큰 소리로 웃곤했다. 그렇게 한참을 실컷 웃고 나면 고기 파이를 먹었을 때처럼 마음이 흐뭇해졌다.

마지막 인형

세라의 열한 번째 생일이 돌아오기 몇 주 전, 아버지 크루 대령에게서 편지가 한 통 왔다. 그런데 평소 밝고 명랑한 아버지의 모습과는 어딘가 다른 느낌이었다.

세라야, 아무래도 아빠는 사업과는 잘 맞지 않는 듯하구나. 장부에 적힌 숫자나 서류를 보면 머리가 지끈지끈 아파 온다. 요즈음은 몸이 피곤해서 그런지 밤에도 자꾸 뒤척이고 밤새도록 악몽을 꾸기도 한단다. 만일 우리 작은 아씨가 내 옆에 있다면 좋은 방법을 가르쳐 줄 텐데……. 그렇지 않니, 작은 아씨야?

크루 대령은 세라를 '작은 아씨'라고 불렀는데, 그것은 세라가 또래 아이들보다 조숙했기 때문이었다.

아버지는 세라의 생일을 위해 민친 선생님에게 훌륭한 선물을 준비하도록 부탁했다. 그 가운데 하나는 파리에서 주문한 인형과 그 인형이 입을 화려하고 아름다운 옷들이었다.

생일 선물로 준비한 인형이 마음에 드냐는 아버지의 편지에, 세라는 아주 진지하게 답장을 썼다.

아빠, 저도 이제 어린애가 아니에요. 그러니 앞으로 인형을 받는 일은 없을 거예요. 그런 건 저에게 어울리지 않으니까요. 이번에 받을 인형이 마지막이 될 거예요.

만일 제가 시를 쓸 줄 안다면 '마지막 인형'이라는 제목으로 쓰겠어요. 하지만 저는 그런 재주가 없어요. 가끔 써 보긴 하지만 우스워서 웃음이 터질 지경이에요.

아빠, 아빠가 어떤 인형을 보내 주시더라도 (그건 에밀리를 따를 순 없겠지만) 어쨌든 이 '마지막 인형'도 소중하게 간직할게요.

아빠의 작은 아씨 올림

크루 대령은 머리가 쪼개질 듯이 아플 때 이 편지를 받았다.

책상 위에는 서류가 산더미같이 쌓여 있고, 그걸 쳐다보기만 해도 마음이 무거웠다. 하지만 세라의 편지를 받고는 오랜만에 소리내어 웃었다.

"아, 우리 작은 아씨는 날이 갈수록 더 재밌어지는군. 빨리 사업이 안정돼야 세라를 보러 갈 수 있을 텐데. 지금이라도 세라가 두 팔을 벌리고 나를 안아 줄 수만 있다면 그 어떤 일도 힘들지 않을 텐데……."

마침내 세라의 생일이 되자 학교는 아침부터 떠들썩했다. 오전 중에는 파티 준비를 하느라 시간이 금세 지나갔다. 책상을 모두 교실 밖으로 내놓고 교실을 꽃으로 장식한 다음, 벽을 따라 의자를 죽 늘어놓았다. 그리고 모든 의자에 빨간 천을 곱게 씌웠다.

아침에 세라가 자기 방으로 들어가자 탁자 위에 갈색 종이로 싼 조그만 꾸러미가 놓여 있었다. 세라는 그것이 누가 보낸 선물인지 알 것 같았다. 선물을 풀자 '생일 축하해요'라고 서툴게 수놓은, 빨간 플란넬 헝겊으로 만든 바늘꽂이가 들어 있었다.

"아, 베키. 이걸 만드느라고 얼마나 힘들었을까……."

바로 그때, 살며시 문을 열고 베키가 수줍은 듯 들어왔다.

"베키야, 이거 네가 만들었지? 정말 근사해!"

세라가 들뜬 목소리로 외쳤다.

베키는 눈물을 글썽이며 말했다.

"겨우 헌 플란넬 조각으로 만든걸요. 하지만 무엇이든 선물하고 싶어서 여러 날 밤을 새워서 만들었어요. 아가씨라면 이 바늘꽂이가 비단에 다이아몬드가 박힌 거라고 상상하실 수 있을 것 같았거든요."

세라는 얼른 달려가 베키를 꼭 껴안았다. 어쩐지 목에 뭐가 걸린 듯 목이 메어 왔다.

"아, 베키! 난 네가 좋아."

"아, 아가씨! 정말 고마워요. 별것도 아닌데, 그냥 헌 헝겊으로 만든 건데……."

베키는 수줍어 어쩔 줄을 몰랐다.

드디어 파티가 열리는 오후가 되었다. 세라는 분홍빛 비단 드레스를 입고는 꽃으로 예쁘게 장식된 교실로 들어섰다. 자기 옷 가운데 가장 멋진 옷을 입은 민친 선생님이 세라의 손을 잡고 걸어갔고, 그 뒤에 '마지막 인형'을 든 하인이 따르고, 다음에 두 번째 상자를 든 하녀가, 그 뒤에는 깨끗한 앞치마와 모자를 쓴 베키가 세 번째 상자를 들고 따라왔다.

세라가 들어가자 상급생들은 팔꿈치로 옆 사람의 옆구리를 쿡쿡 찌르고, 하급생들은 잔뜩 들떠서 떠들어 댔다.

"다들 조용히 하세요! 제임스, 상자를 탁자에 놓고 뚜껑을 열어 봐요. 그리고 에마, 네가 들고 있는 상자는 의자 위에 놓도록 해. 그리고 베키……."

민친 선생님이 베키를 야단쳤다. 그러나 베키는 흥분한 나머지 얼굴이 발갛게 된 채 자기와 똑같이 마음이 들떠 있는 로티를 보며 생글생글 웃고 있었다.

"그렇게 함부로 학생들을 쳐다보면 안 되지! 거기 서 있지 말고 어서 그 상자를 내려놓아라."

민친 선생님이 베키에게 말했다.

베키는 깜짝 놀라 상자를 내려놓고 문 쪽으로 물러섰다. 하지만 눈길이 자기도 모르게 탁자 위에 놓인 상자에 머물렀다. 얇은 포장지 사이로 푸른 비단 자락이 비죽이 나와 있었다.

"저어, 민친 선생님, 베키를 여기 있게 하면 안 될까요?"

세라가 머뭇거리며 물었다.

"베키를 말이냐? 세라 양, 그런 말이 어디 있느냐? 베키는 부엌에서 일하는 하녀일 뿐이야. 부엌데기들은 소녀가 아니야."

민친 선생님은 깜짝 놀란 나머지 안경을 올렸다 내리며 당황한 표정으로 세라를 내려다보았다. 사실, 민친 선생님은 하녀들이 소녀라는 생각을 한 번도 한 적이 없었다. 그 애들은 그저 석탄을 나르고 불을 피우거나 청소를 하는 기계로만 생각할 뿐이었다.

세라는 민친 선생님 앞으로 한 걸음 다가갔다.

"그렇지만 선생님, 베키는 아직 어린아이예요. 여기 남아 있게 해서 선물을 보여 주면 참 기뻐할 거예요. 오늘은 제 생일이니까 베키를 여기 있게 해 주세요."

그러자 민친 선생님은 마지못해 대답했다.

"그럼 오늘은 세라의 생일이고, 또 특별한 부탁이니까 봐 주겠다. 베키, 세라에게 고맙다고 인사해라."

베키는 조마조마한 마음으로 앞치마 자락만 만지작거리면서 한쪽 구석에 있다가, 얼른 앞으로 나와 세라에게 인사를 했다.

"아, 아가씨, 고맙습니다. 정말 인형이 보고 싶었어요."

베키는 또 민친 선생님에게도 꾸벅 인사를 했다.

"선생님, 정말 고맙습니다."

베키는 생글생글 웃으며 구석자리로 갔다.

잠시 후, 민친 선생님이 목소리를 가다듬고 말했다.

"여러분도 알다시피 오늘은 바로 세라 양이 열한 살 되는 날이에요. 여러분 중에는 세라 양과 같이 이미 열한 살이 된 사람도 있겠지만, 세라 양의 생일은 다른 사람들의 생일과는 좀 달라요. 세라 양은 성년이 되면 굉장히 많은 재산을 물려받게 되는데, 세라 양은 그 돈을 아주 좋은 일에 쓰게 될 거예요."

"흥, 또 다이아몬드 광산 얘기야."

제시가 빈정거리며 콧방귀를 뀌었다. 세라는 제시의 말은 못 들었지만, 자기도 모르게 얼굴이 화끈거렸다. 민친 선생님이 이렇게 대놓고 돈 이야기를 할 때마다 세라는 정말 민친 선생님이 싫어졌다.

"여러분, 세라 양은 그야말로 우리 학교의 자랑거리가 되었습니다. 세라 양이 오늘 여러분에게 고마움의 표시로 이렇게 성대한 파티를 열어 주었습니다. 감사의 표시로 다 함께 '세라 양, 고마워요!'라고 인사합시다!"

그러자 학생들은 모두 자리에서 일어섰다.

"세라 양, 고마워요!"

학생들은 입을 모아 소리쳤고, 로티는 너무 좋아서 팔짝팔짝 뛰었다.

세라는 너무 부끄러워 고개를 들지 못했다. 이윽고 세라는 아주 우아하게 무릎을 살짝 굽혀 답례했다.

"여러분, 제 생일을 이렇게 축하해 주셔서 정말 감사합니다."

"세라. 참 잘했어요. 진짜 공주님도 바로 그렇게 인사를 하죠. 그럼 모두들 재미있게 지내요. 나는 이만 나가 볼게요."

민친 선생님이 교실을 나가자, 모두들 무거운 긴장에서 풀려난 것처럼 떠들썩해졌다. 문이 채 닫히기도 전에 아이들은 자리에서 일어나 선물 상자가 수북이 쌓여 있는 탁자 쪽으로 우르르 몰려들었다.

세라는 그 가운데 제일 큰 상자를 열었다. 바로 '마지막 인형'이 들어 있는 상자였다. '마지막 인형'이 어찌나 크고 아름다운지 아이들은 모두 환성을 질렀고, 더 잘 보려고 숨을 죽인 채 한 발짝 뒤로 물러서서 바라보았다.

"어쩜, 거의 로티만 하잖아!"

한 아이가 소곤거렸다.

그러자 로티는 깡충깡충 뛰며 손뼉을 쳤다.

"이 인형은 진짜 극장에 가는 사람 같은 옷차림을 하고 있네. 이것 봐, 외투에 담비털이 달렸어!"

라비니아도 한 마디 했다.

"이건 인형 가방이야. 우리, 이 속에 무엇이 들어 있는지 한 번 열어 보자. 아마 인형 옷이 들어 있을 거야."

세라는 교실 바닥에 앉아서 인형 가방 자물쇠를 열었다. 세라가 가방을 열자 아이들은 다시 한 번 '와!' 하고 환호성을 질렀다. 가방 안에는 여러 가지 인형 옷이며 장신구가 들어 있었다.

"이 인형이 자기를 칭찬하는 말을 다 알아듣는다면 어떨까?"

세라가 인형에게 검은 벨벳 모자를 씌워 주며 말했다.

"너는 언제나 그런 상상을 잘하더라."

라비니아가 입을 삐쭉거리며 말했다.

"그래, 난 그런 상상을 하는 게 좋아. 아주 열심히 뭔가를 상상하면 정말 그런 것 같은 생각이 들거든."

세라가 아무렇지도 않은 듯 대답했다.

"그야 물론 아무것도 부족한 게 없을 때는 그런 게 쉽게 되겠지. 하지만 네가 다락방에 사는 거지가 되어도 그렇게 상상만 하고 있을 수 있겠니?"

세라는 잠시 생각에 잠기는 듯하더니 말을 했다.

"난 할 수 있을 거라고 생각해. 더군다나 거지라면 더욱더 뭔가를 상상하며 살아야 할 것 같거든. 사람이라면 누구든 꿈을

갖고 있어야 하니까. 하지만 그게 쉬운 일은 아니겠지."

바로 그 순간 아멜리아가 교실로 들어왔다.

세라는 자기가 말을 마친 바로 그 순간에 아멜리아가 방에 들어온 것이 아무래도 이상했다.

"세라, 너희 아빠의 대리인인 베로우 씨가 민친 선생님을 만나러 오셨다. 뭔가 상의할 일이 있는 모양이야. 그러니 두 분이 조용히 이야기하시도록 민친 선생님의 응접실로 나가서 만찬을 시작하자."

맛있는 음식 이야기를 하자 아이들의 눈이 반짝였다.

아멜리아는 아이들을 한 줄로 세운 다음 세라와 함께 행렬의 맨 앞에 서서 민친 선생님의 응접실로 들어갔다.

아버지의 죽음

교실에 혼자 남은 베키는 정신 없이 인형이며 옷을 구경하고 있었다. 그때 입구 쪽에서 갑자기 민친 선생님의 발소리가 들렸다. 더럭 겁이 난 베키는 얼른 탁자보 아래로 몸을 숨겼다.

민친 선생님의 뒤를 따라 들어온 사람은 눈매가 날카롭고 깡마른 신사였는데 어딘가 불안해 보였다. 신사는 자리에 앉지도 않고 '마지막 인형'과 그 옆에 있는 옷들을 보며 못마땅한 말투로 말했다.

"이 인형은 대략 100파운드는 되겠군. 생일 선물로 이렇게 값진 물건을 보내다니! 돈을 너무 물 쓰듯 했어!"

민친 선생님은 언짢은 듯 말했다.

"실례지만 베로우 씨, 무슨 말씀을 그렇게 하세요. 크루 대령님은 엄청난 부자라고 알고 있습니다. 다이아몬드 광산만 하더라도……."

그러자 베로우 씨가 민친 선생님 앞으로 홱 돌아섰다.

"다이아몬드 광산이라고요? 이 세상에 그런 건 처음부터 없었어요. 아니, 없는 편이 더 좋았을 것입니다."

"다이아몬드 광산이 없는 편이 더 좋았을 거라니요?"

민친 선생님이 간신히 의자 등받이를 붙잡으며 물었다.

베로우 씨가 말을 이었다.

"다이아몬드 광산은 사람을 부자로 만들기보다 빈털터리로 만드는 경우가 더 많습니다. 더군다나 사업에 대해 잘 모르는 사람이 친구만을 믿고 투자한다는 건 어리석은 짓이지요. 크루 대령은 이미 세상을 떠났지만……."

"뭐, 뭐라고요? 크루 대령이 세상을 떠났다고요?"

민친 선생님이 의자에서 벌떡 일어나 베로우 씨의 말을 가로막으며 다급하게 물었다.

"네, 크루 대령은 세상을 떠났습니다. 사업은 힘들고, 열병까지 겹쳤으니 어쩔 도리가 없었지요. 어쨌든 크루 대령은 이제 이 세상 사람이 아닙니다. 게다가 다이아몬드 광산도 파산하고 말았지요."

"파, 파산이라고요?"

민친 선생님은 의자에 털썩 주저앉았다.

"네, 모든 재산을 다 날렸지요. 광산에 미친 친구가 자신의 재산은 물론 크루 대령의 재산까지 몽땅 쏟아부었는데, 광산이 망하자 한 푼도 건지지 못한 거지요. 그 친구는 사업에 실패하자어디론가 도망쳐 버렸고, 열병에 걸렸던 크루 대령은 그 소식을듣고는 제정신이 아닌 상태에서 딸 이름만 애타게 부르다가 숨을 거두었어요. 한 푼도 안 남기고 말입니다."

민친 선생님은 그제야 사정을 대충 짐작했다. 지금까지 살면서 이렇게 큰 충격은 처음이었다. 이 학교 최고의 자랑거리 아이와 학부형이 물거품처럼 사라져 버린 것이었다.

"그럼, 세라가 돈 한 푼 없는 거지가 되었다는 말인가요? 장차큰 유산을 받게 될 상속녀가 아니라, 거지가 되어 이 학교에 남게 되었단 말인가요?"

"네, 그 애는 이제 거지나 다름없습니다. 그러니 선생님께서맡아 주셔야겠습니다. 친척도 없으니 달리 도리가 없지요."

민친 선생님은 기가 막혀 한 걸음 앞으로 나아갔다.

"세상에! 이럴 수가 있나요? 그 애는 지금 비단옷을 입고 내

방에서 생일 잔치를 벌이고 있다고요! 난 크루 대령이 모든 경비를 다 보내 줄 거라 믿었기 때문에, 그 아이를 위해서라면 뭐든 다 해 줬어요. 엄청난 인형은 물론 그 비싼 인형 옷이며 장신구도 다 제 돈으로 샀다고요!"

민친 선생님은 더욱 화가 나서 소리를 질렀다.

"그렇다면 이제는 그 애한테 돈을 쓰지 않는 게 좋을 겁니다. 그 아이에게는 아무도 없으니까요. 자, 그럼……."

"제가 그 애를 그냥 떠맡을 거라고 생각하신다면 그건 잘못 생각하신 거예요. 전 그 애를 거리로 내쫓아 버릴 테니까요."

민친 선생님은 몹시 화가 나서 외쳤다.

문 앞까지 걸어갔던 베로우 씨는 잠시 걸음을 멈춘 뒤 뒤돌아서서 말했다.

"그렇게 되면 학교 소문만 더 나빠질 텐데요? 그보다는 여기두고 잘 부려먹는 게 나을 것입니다. 똑똑한 아이니까 좀 더 크면 써먹을 데가 많을 테니까요."

베로우 씨는 목례를 한 다음 밖으로 나갔고, 민친 선생님은 마치 얼빠진 사람처럼 꼼짝 않고 문 쪽을 노려보았다.

그때 생일 파티가 열리고 있는 민친 선생님의 응접실 쪽에서 즐거운 함성이 들려왔다.

민친 선생님은 당장 파티를 중단시켜야겠다고 생각하고 황급히 밖으로 나가려는데 아멜리아가 들어섰다. 아멜리아는 언니인 민친 선생님의 화난 얼굴을 보더니 놀라 주춤 물러섰다.

"아멜리아! 세라의 옷 가운데 검은 옷도 있을까?"

민친 선생님이 다짜고짜 물었다.

"검은 옷이라고? 검은 벨벳 원피스가 있긴 하지만 너무 작아서 안 맞을 텐데⋯⋯."

아멜리아는 어리둥절한 표정을 지었다.

"맞든 안 맞든 상관 없어. 가서 그 분홍 비단 드레스를 벗기고, 아무리 작아도 그 검은 원피스를 입으라고 해! 당장!"

"언니, 대체 왜 그래?"

아멜리아는 눈이 휘둥그레져서 물었다.

"크루 대령이 죽었어. 한 푼도 안 남기고 죽어 버렸어. 이제 빈털터리가 된 세라를 내가 떠맡게 되었어."

아멜리아는 너무 놀란 나머지 의자에 털썩 주저앉았다.

"그 애 때문에 수백 파운드를 썼는데, 한 푼도 못 받게 된 거야. 당장 가서 생일 파틴가 뭔가 집어치우라고 해. 그리고 빨리 옷 갈아입혀!"

아멜리아는 말없이 밖으로 나왔다. 언니가 지금처럼 머리끝까지 화가 났을 때는 시키는 대로 하는 게 제일 현명한 방법이라는 걸 알기 때문이다. 민친 선생님은 방 안을 왔다 갔다 하며 중얼중얼 혼잣말을 했다.

"공주라고? 하기야 그동안 진짜 공주처럼 호강을 했지!"

그때 어디선가 흐느끼는 소리가 들려왔다.

"뭐야?"

민친 선생님은 매섭게 소리쳤다. 그리고 또다시 훌쩍거리는 소리가 들리자 허리를 굽혀 탁자보를 들춰 보았다.

"이게 무슨 버릇없는 짓이냐? 빨리 나와!"

머릿수건이 비뚤어지고 울음을 참느라 얼굴이 빨개진 베키가 엉금엉금 기어 나왔다.

"선생님, 잘못했어요. 이러면 안 된다는 걸 알지만 인형을 보다가 선생님이 들어오시는 바람에……. 여기 숨어 있었어요."

베키가 무릎을 꿇고 싹싹 빌었다.

"거기 숨어서 다 엿들었단 말이지?"

"빠져나갈 수가 없어서 그냥 엎드려 있었어요. 그렇지만 안 들을 수가 없었어요. 그래서 다 듣고 말았어요."

베키는 자기 앞에 무서운 사람이 눈을 부릅뜨고 있다는 것도 잊어버리고 울음을 터뜨리고 말았다.

"당장 나가!"

민친 선생님이 발을 구르며 소리쳤다.

베키는 또다시 눈물을 줄줄 흘리며 무릎을 굽혀 인사했다.

"네, 곧 나가겠습니다. 그런데 한 가지 여쭤 볼 게 있어요. 세라 아가씨는 지금까지 줄곧 하녀의 시중을 받으며 살았는데, 이젠 어떻게 지낼지 모르겠어요. 이제부터 제가 일을 마친 다음에 세라 아가씨의 시중을 들면 안 될까요? 가엾은 세라 아가씨, 전에는 모두들 공주님이라고 불렀는데, 흑흑……."

베키는 울면서 애원했다. 하지만 베키의 말은 민친 선생님을 더욱 화나게 만들었다. 이런 부엌데기까지 그 얄미운 세라의 편을 들다니. 민친 선생님은 발을 쾅쾅 구르며 말했다.

"닥쳐! 빨리 나가지 못해. 내 말을 듣지 않으면 너를 아주 내쫓아 버릴 테다!"

베키는 앞치마로 얼굴을 가리고 도망치듯 방에서 나갔다 베키는 부엌으로 내려가 바닥에 털썩 주저앉아 엉엉 울었다.

"아아, 이야기에 나오는 거랑 똑같애. 마치 궁전에서 쫓겨난 공주님 같아!"

베키는 이렇게 중얼거렸다.

세라의 방에 다녀온 아멜리아가 민친 선생님에게 말했다.

"언니, 그렇게 이상한 애는 처음 봤어. 내가 그 아이에게 갑자기 닥친 일에 대해 이야기했는데, 글쎄 그 아이는 말 한 마디 없이 나를 빤히 쳐다보는 거야. 그러더니 얼굴빛이 하얗게 질린 채 2층 제 방으로 뛰어올라가 버리잖아. 오히려 다른 애들 몇몇은 울음을 터뜨리는데도 그 아이는 내 말 외에는 다른 소리는 전혀 안 들리는 듯한 눈치였어."

세라는 자기 방에 들어가 문을 잠근 뒤, 방 안을 이리저리 왔다 갔다 하면서 '아빠가 돌아가셨어, 아빠가 돌아가셨어.' 하고 혼잣말을 했다. 그러고는 의자에 앉은 채 자기를 빤히 쳐다보는 에밀리를 보자 큰 소리로 외쳤다.

"에밀리, 너도 알고 있니? 아빠가 돌아가셨어. 저 멀리 인도에서 아빠가 돌아가셨대!"

몇 시간 뒤, 세라는 민친 선생님에게 불려 갔다. 민친 선생님은 아까와는 달리 아주 침착하고 냉정한 얼굴이었다.

그 사이 파티를 위해 꾸며 놓았던 꽃은 벌써 모두 치우고 책상이며 의자도 다 제자리에 놓여 있었다.

민친 선생님은 평상시에 입는 옷으로 갈아입었고, 학생들에게도 모두 새 옷을 벗으라고 일렀다. 그래서 아이들은 옷을 갈아입고 교실로 돌아와 있었다. 몇몇 아이들은 여기저기 모여서 수

군거리고 있었다.

　민친 선생님 방에 들어갔을 때 세라는 창백한 얼굴로 슬픔을 숨기려는 듯 이를 악물고 있었다. 방금 전 아름답게 장식한 교실에서 이 선물 저 선물 사이를 뛰어다니던 장밋빛 소녀의 모습은 이제 어디에도 없었다.

　세라는 민친 선생님의 분부대로 너무 작아져서 몸에 꼭 붙고 길이가 짧아 가느다란 다리가 더 가냘프게 보이는 검은 벨벳 원피스를 입고 에밀리를 꼭 껴안고 있었다.

　"인형은 내려놓아! 그 인형은 왜 가지고 왔지?"

　민친 선생님이 소리쳤다.

　"싫어요. 내려놓을 수 없어요. 이제 제겐 아빠가 주신 이 인형밖에 없어요."

　민친 선생님은 전에도 세라가 하는 말이면 왠지 기분이 상하곤 했는데 이번에도 마찬가지였다. 민친 선생님은 더욱 냉정하게 말했다.

　"넌 이제 인형놀이를 할 시간이 없을 거야. 열심히 일해서 밥값을 해야 하니까 말이야."

　세라는 커다란 눈으로 민친 선생님을 바라볼 뿐 아무 말도 하지 않았다.

"넌 이제 모든 게 달라질 거야. 아멜리아한테 다 들었겠지?"

"네, 아빠가 아무것도 안 남기고 돌아가셔서 제가 아주 가난해 졌다고요."

"그래, 넌 이제 거지야. 너를 돌봐 줄 친척도 없으니 오갈 데 없는 신세가 되었다."

민친 선생님은 씩씩거리며 말했다.

하지만 세라는 창백한 얼굴로 여전히 아무 말 없이 민친 선생 님을 뚫어지게 쳐다보았다.

"왜 그렇게 쳐다보는 거야? 아직도 내 말을 못 알아듣겠니?

넌 이 세상에 아무도 돌봐 줄 사람 없이 혼자 남았단 말이야. 내가 널 불쌍히 여겨서 여기 있게 하는 것만도 다행이라고 생각 해야 해."

"네, 알겠어요."

세라는 복받쳐 오르는 울음을 간신히 참으며 대답했다.

"저기 저 인형, 호화스럽게 치장한 저 인형도 내가 돈을 치른 거야."

세라는 인형이 놓인 의자를 물끄러미 바라보았다.

"마지막 인형, 마지막 인형!"

세라는 슬픔에 가득 찬 목소리로 나직이 중얼거렸다.

"그래, 그건 정말 마지막 인형이군. 어쨌든 그건 내 거야. 네가 가진 건 이제 전부 내 거야. 왜냐 하면 내가 돈을 다 치렀으니까……."

민친 선생님이 말했다.

"다 가져가세요. 전 필요 없으니까요."

세라가 울고불고 소란을 피웠거나 겁이 나서 벌벌 떨었으면 민친 선생님도 그렇게까지 화를 내지는 않았을 것이다.

민친 선생님은 세라가 의젓한 태도로 나오자 어쩐지 무시당한 느낌이었다.

"너무 잘난 체하지 마. 넌 이제 공주가 아니란 말이야. 마차와 말도 다 팔아 버리고, 네 하녀도 돌려보낼 거야. 넌 이제 낡고 더러운 옷을 입고 베키처럼 일을 해야만 해."

그러자 세라는 그제야 마음이 놓인다는 듯 말했다.

"일을 할 수 있다고요? 그렇다면 무슨 일이든지 하겠어요."

"암, 무슨 일이든지 해야지. 하긴 넌 영리해서 뭐든지 쉽게 배우니까 일만 잘하면 여기 있게 해 주지. 프랑스어를 잘 하니까 하급생의 공부를 돌봐 줄 수도 있고."

"정말이세요? 그렇게 하도록 해 주세요. 그 애들을 가르칠 수 있어요. 저는 그 아이들을 좋아하고, 그 아이들도 저를 좋아하니까요."

세라는 조금 밝아진 목소리로 말했다.

"아이들이 너를 좋아한다는 말은 이제 그만 해. 네가 할 일이 얼마나 많은데……. 심부름도 해야 하고 부엌일이랑 교실 청소도 해야 해, 만일 내 맘에 들지 않으면 당장 쫓겨날 줄 알아. 그럼, 나가 봐."

세라는 잠시 서서 민친 선생님을 바라보다가는 가만히 돌아서서 나가려 했다.

그때 민친 선생님이 세라를 불러 세웠다.

"잠깐! 세라, 고맙다는 인사도 안 하니?"

세라는 걸음을 멈추었다. 마음 깊은 곳에서 견딜 수 없는 이상한 감정이 솟구쳤다.

"무엇을 고맙다고 인사하라는 거예요?"

"내가 베푼 친절에 대해서 말이다. 네게 안식처를 줬잖아."

"선생님이 친절하시다고요? 선생님은 조금도 친절하지 않으세요. 그리고 여긴 안식처가 아니에요."

세라는 어린애답지 않은 당찬 말투로 말했다. 그러고는 미처 민친 선생님이 세라를 붙잡을 겨를도 없이 방에서 뛰쳐나갔다. 민친 선생님은 분을 못 이긴 채 넋을 잃고 서 있을 뿐이었다.

세라는 에밀리를 꼭 껴안고는 씩씩거리며 천천히 계단을 올라갔다.

그때 아멜리아가 머뭇거리며 어색한 표정으로 말했다.

"세라, 이제 그 방에 들어가면 안 돼."

"들어가면 안 된다고요?"

세라는 이렇게 물으며 한 걸음 뒤로 물러섰다.

"거긴 이제 네 방이 아니거든."

그제야 세라는 모든 걸 알아챘다. 민친 선생님이 말한 변화의 시작이었다

"그럼, 제 방은 어디예요?"

세라는 목소리가 떨리지 않도록 조심하며 물었다.

"베키 방 옆에 있는 다락방이야."

다락방이라면 베키에게 들어서 잘 알고 있었다. 세라는 돌아서서 층계를 올라갔다. 그 층계는 매우 비좁았고, 허름한 양탄자 조각이 깔려 있었다. 지금까지 살던 세상과는 전혀 다른 세상으로 들어가는 것만 같았다.

다락방 문을 여는 순간 세라는 가슴이 덜컥 내려앉았다. 그곳은 정말 다른 세상이었다. 천장은 비스듬히 내려앉았고, 누렇게 색깔이 변한 벽은 군데군데 벗겨졌으며, 방 안에는 녹슨 벽난로

와 허름한 침대보가 덮인 딱딱한 침대가 있었다. 천장에는 조그
만 창문이 하나 있었고, 그 창문을 통해 잿빛 하늘이 보였다.

세라는 침대에 걸터앉았다. 세라는 어렸지만 좀처럼 울지 않
는 아이였다. 입술을 꼭 깨문 채 에밀리를 무릎에 올려놓은 다
음, 그 위에 얼굴을 묻고는 넋이 나간 사람처럼 조용히 앉아 있
었다.

잠시 후, 조심스럽게 문 두드리는 소리가 들려왔다. 그리고 문
이 살며시 열리더니 눈물로 엉망이 된 베키가 들어섰다. 베키는
사람들 몰래 몇 시간을 울며 앞치마로 눈을 마구 비벼서 얼굴이
매우 이상해 보였다.

"아가씨, 들어가도 돼요?"

베키는 꺼질 듯한 목소리로 물었다.

세라는 얼굴을 들고 베키를 바라보았다. 그리고 방긋 웃어 보
이려 했다. 하지만 뜻대로 되지 않았다. 눈물을 줄줄 흘리는 베
키를 보면서, 세라는 가슴이 뭉클해졌다. 지금까지 애써 참았던
눈물이 흘러내리기 시작했다.

"베키, 내가 언젠가 우린 둘 다 똑같은 사람이라고 말했지? 우
리는 그냥 두 사람의 소녀라고 말이야. 그것이 정말이라는 걸
이제 알겠지? 난 이제 공주님이 아니란다. 그리고 예전의 세라

도 아니야."

베키는 세라의 손을 꼭 잡은 채 흐느꼈다.

"아니에요, 아가씨. 아가씨는 언제까지나 공주님이에요. 아가씨에게 무슨 일이 일어나든 아가씨는 공주님일 뿐, 다른 사람이 될 수는 없어요."

베키는 눈물을 닦으며 말을 이었다.

"고마워, 베키. 앞으로 우리 더 사이좋게 지내자."

두 소녀는 서로 얼싸안았다.

다락방 생활

세라는 다락방에서 처음 잠을 잔 그날 밤을 평생 잊지 못했다.

"아빠가 돌아가셨어!"

세라는 이제 아빠를 볼 수 없다는 사실에 견딜 수가 없었다. 잠자리에 들었지만 침대가 너무 딱딱해서 몇 번이나 돌아누워야 했다. 주위는 온통 어둠뿐인데다가 지붕 위에서는 굴뚝을 스쳐 지나가는 바람 소리가 매섭게 들려왔다.

그러나 더욱 무서운 것은 벽과 널빤지 뒤에서 뭔가 우당탕 뛰어다니고 북북 긁어 대는 소리였다.

세라는 베키에게 미리 이야기를 들었기 때문에 그것이 무슨 소리인지 알 수 있었다. 쥐들이 싸우거나 장난치는 소리일 것이었다.

세라는 처음 그 소리를 듣고는 깜짝 놀라 침대에서 벌떡 일어났다. 그리고는 벌벌 떨며 앉아 있다가 이불을 머리끝까지 뒤집어썼다. 이불 속에서 말똥거리는 두 눈을 깜빡이며 아침이 어서 오기만을 빌었다. 뜬눈으로 밤을 지새운 세라는 새벽이 되어서야 깜빡 잠이 들었다.

이윽고 아침이 되었다. 하지만 세라의 생활은 완전히 달라졌다. 마리엣도 떠나고, 방 역시 이미 다른 아이가 차지하였다.

아침 식사 때가 되어 식당으로 들어갔다. 민친 선생님 곁에 있던 자신의 자리에는 라비니아가 앉아 있었다. 민친 선생님은 세라에게 쌀쌀맞은 목소리로 말했다.

"세라, 너는 저 하급생 옆에 가서 조용히 식사를 하도록 돌봐 줘! 그리고 내일부터는 더 일찍 내려와. 저것 봐, 로티가 벌써 차를 쏟았잖아!"

그것이 세라가 처음 한 일이었다. 그리고 날이 갈수록 세라의 일감은 늘어났다. 하급생들에게 프랑스어를 가르쳐 주고, 다른 공부도 돌봐 주어야 했다. 그러나 그것들은 세라의 일 중에서 가장 쉬운 편에 속했다.

세라는 언제, 어디서든 누군가가 시킬 일이 있으면 불려 나갔

으며, 다른 사람이 못한 일까지 도맡아 해야만 했다.

세라가 고분고분 말을 잘 듣자, 하녀들까지도 민친 선생님을
본따서 닥치는 대로 일을 시켰다. 그들은 마음씨가 고약해서 이
제까지 공주 대접을 받던 세라를 마음대로 부리는 것을 재미있
어했다.

이제 세라는 공부 같은 건 생각조차 못 했다. 하루 종일 이 사

람 저 사람의 심부름을 하느라 이리저리 뛰어다닌 다음, 간신히 일이 끝나면 시간을 내어 아무도 없는 교실에 들어가 헌 책을 읽고, 밤에 혼자 공부하는 게 고작이었다.

"지금까지 배운 걸 복습하지 않으면 모두 잊어버릴 거야. 그래서 머리가 텅 비면 베키처럼 딱한 아이가 되고 말겠지."

세라는 혼자 중얼거렸다. 그러고는 틈만 생기면 공부를 했다. 하루도 공부를 게을리하지 않았다.

세라의 처지가 하루 아침에 달라지자 가장 우스꽝스러운 일은 학생들과 마주쳤을 때였다.

민친 선생님은 세라와 학생들이 가까이하지 못하도록 했다.

"저 아이가 다른 아이들하고 친하게 지내지 못하도록 조심해야 해. 괜히 자기 일을 슬픈 이야기처럼 꾸며서 들려주면 아이들은 그 애를 가엾은 주인공으로 여기고 동정할 테니 되도록 학생들과 멀어지도록 해야 해."

민친 선생님은 아멜리아에게 말했다.

하지만 세라 역시 자기를 모른 체하는 아이들과 결코 친하게 지내려 하지 않았다.

민친 선생님의 학생들은 대부분 머리가 둔했지만 부유한 집안의 아이들이었다. 그래서 세라의 옷이 점점 더 낡아지고, 신발

에 구멍이 나고, 요리사의 심부름을 하기 위해 장바구니를 들고 거리로 나서는 모습을 보면서 마치 하녀를 대하듯 했다. 그 가운데서도 라비니아가 제일 심했다.

"저런 애가 다이아몬드 광산을 가지고 있었다니……. 그런데 지금은 저 꼴이 되었어. 난 저 아이를 처음부터 싫어했지만, 저렇게 말도 안 하고 남을 흘끔흘끔 훔쳐보는 모습은 정말 짜증나고 싫어."

그러자 세라가 말했다.

"그래, 네 말이 옳아. 난 어떤 사람들을 정말 자세히 쳐다봐. 그건 그 사람들이 무슨 생각을 하는지 알고 싶기 때문이야."

라비니아는 세라를 자주 골탕먹였다. 하지만 세라는 모든 고통을 꿋꿋하게 견디었으며, 아무리 괴로워도 힘든 내색을 전혀 하지 않았다.

"군인들은 불평하지 않아. 나 역시 지금 전쟁터에 나와 있다고 생각할 거야."

세라는 이를 악물며 이렇게 중얼거렸다.

정다운 친구들

세라에게 다정한 친구 셋이 없었더라면, 그녀는 슬픔을 못 이겨 어려움에 당당히 맞서지 못했을 것이다.

첫 번째 친구는 뭐니 뭐니 해도 베키였다. 세라가 처음으로 다락방에서 자던 그날 밤, 밤새도록 쥐들이 찍찍대는 바람에 무서움에 떨면서도 벽 저쪽에 자신과 같은 소녀가 있다는 걸 생각하고는 말할 수 없이 큰 위안이 되었다. 이런 세라의 마음은 날이 갈수록 점점 더 커졌다.

베키는 세라가 일을 하기 시작한 첫날 말했다.

"아가씨, 제가 앞으로 꼬박꼬박 인사를 하지 않아도 많이 섭섭해하지 마세요. 만일 제가 아가씨한테 인사하는 걸 보면 다른 사람들에게 꾸지람을 들을지도 몰라요. 하지만 저는 마음속으로 언제나 아가씨께 고맙고 죄송하며 감사하다는 말을 하고 있답니다."

하지만 베키는 날이 밝기 전에 세라의 방으로 와서는 단추를 채워 주기도 하고 그 밖의 여러 가지 시중을 들었으며, 밤이 되면 조용히 문을 두드렸다. 그것은 '아가씨, 할 일이 있으면 시켜 주세요.'라는 신호와 마찬가지였다.

세라는 처음 몇 주 동안은 너무 슬퍼서 아무와도 이야기를 하고 싶지 않았다. 그래서 베키가 세라의 방을 오가게 된 건 한참 뒤의 일이었다. 베키는 남에게 슬픈 일이 있으면 혼자 두는 게 좋다는 걸 알고 있었다.

두 번째 친구는 어멘가드였다. 하지만 세라는 그 커다란 슬픔을 어느 정도 딛고 일어나서야 자기가 어멘가드를 까맣게 잊고 있었다는 걸 깨달았다.

그동안 어멘가드는 집에 다녀왔다. 그리고 어느 날 빨랫감을 잔뜩 안고 복도를 걸어가는 세라와 마주쳤다. 어멘가드는 얼굴이 핼쑥하고 초라한 검정색 원피스를 입은 세라를 보자 놀라서 어쩔 줄을 몰랐다. 아이들에게서 세라 소식을 듣긴 했지만, 이토록 초라한 사람이 되었을 것이라고는 꿈에도 생각지 못했다.

세라는 빨랫감을 안은 채 어멘가드를 물끄러미 바라보았다. 어멘가드는 그런 세라를 보자 더욱 당황했다. 마치 세라가 자기가 모르는 딴 아이가 된 것만 같았다.

어멘가드는 더듬거리며 말했다.

"저어, 그동안 잘……. 있었니?"

"응, 잘 있었어. 너는?"

"나도 잘 있었어."

어멘가드는 점점 더 당황했다. 그러더니 갑자기 다정한 말투로 물었다.

"너, 아주 슬프니?"

그 순간 세라는 왈칵 서러움이 복받쳐 올라왔다.

그래서 자기도 모르게 버럭 화를 내며 소리를 질렀다.

"뭐라고? 네가 보기에 내가 아주 행복해 보이니?"

세라는 이런 바보 같은 친구 곁을 얼른 떠나야겠다고 생각하고는 어멘가드 곁을 재빨리 지나쳐 버렸다.

그 뒤 두 사람 사이는 서먹서먹하기만 했다. 우연히 마주치면 세라는 얼굴을 돌려 버렸고, 어멘가드는 너무 긴장해서 온몸이 굳어 말도 제대로 하지 못했다.

하지만 그 무렵 어멘가드는 점점 더 멍청해 보였고, 왠지 더

정신 없고 슬퍼 보였다. 어멘가드는 창가 의자에 웅크리고 앉아서 밖을 내다보기 일쑤였다.

어느 날, 그 앞을 지나가던 제시가 걸음을 멈추고 어멘가드에게 물었다.

"어멘가드, 울고 있니?"

"우는 거 아니야……."

어멘가드는 떨리는 목소리로 나직이 중얼거렸다.

"울면서 뭘. 눈물방울이 코를 타고 흘러내려서 똑 떨어지는 걸. 저것 봐! 또 한 방울 떨어졌네."

제시가 놀리듯 말했다.

"나 지금 무척 슬퍼. 그러니까 건드리지 마."

어멘가드는 이렇게 말하고는 손수건에 얼굴을 묻었다.

그날 밤, 세라는 다른 날보다 늦게 다락방으로 올라갔다. 다락방 층계를 다 올라온 세라는 문틈으로 불빛이 새어 나오는 걸 보고 깜짝 놀랐다.

'아니, 내 방에 누가 촛불을 켜 놨지?'

정말로 세라의 방에는 촛불이 환하게 타고 있었다. 그것도 세라가 쓰는 부엌용 촛대가 아니라, 학생들이 침실에서 쓰는 촛대였다. 그리고 촛불을 켠 사람은 잠옷 위에 빨간 숄을 두르고 침대에 걸터앉아 있었다. 바로 어멘가드였다.

"어멘가드!"

세라는 놀라서 소리쳤다.

어멘가드는 벌떡 일어나더니 커다란 슬리퍼를 질질 끌며 세라에게 다가왔다. 너무 많이 울어서 눈자위가 빨갛게 부어 있었다.

"세라, 들키면 혼난다는 거 알아. 하지만 알고 싶어. 너는 이제 내가 싫어졌니?"

세라는 예전의 다정하고 순진한 어멘가드의 목소리를 듣자 눈시울이 뜨거워졌다.

"어멘가드, 난 지금도 널 좋아해. 그렇지만 이젠 모든 게 달라졌잖아. 그래서 너도 옛날의 네가 아니라고 생각했어."

눈물이 그렁그렁한 어멘가드의 눈이 휘둥그레졌다.

"무슨 소리야. 변한 건 너야. 네가 나를 모른 체해서 난 어떻게 해야 할지 알 수가 없어. 집에 잠시 다녀왔더니 네가 딴 아이가 되어 있었잖아."

세라는 잠시 생각에 잠겼다가 말했다.

"그래, 난 정말 많이 변했어. 게다가 민친 선생님이 내가 아이들하고 얘기하는 걸 꺼리기 때문에 되도록 널 만나지 않으려 했던 거야."

"오! 세라, 어쩌면…….."

어멘가드는 울부짖듯 외쳤다. 둘은 한참을 마주 보다가 와락 끌어안았다. 어멘가드가 정겨움이 가득한 눈으로 세라를 보며 말했다.

"세라, 네가 날 멀리하는 줄 알고 얼마나 괴로웠는지 몰라. 그런데 오늘 밤 이불을 뒤집어쓰고 울다가 문득 너를 만나 예전처럼 사이좋게 지내자고 말하고 싶었어."

"넌 정말 나보다 착하구나. 나 같으면 어림없어. 난 자존심이 강한 성격이라 내 쪽에서 먼저 사이좋게 지내자는 말을 못 해. 그것 봐! 어려운 일이 닥치니까 내가 착한 아이가 아니라는 게 드러나잖아."

세라는 이마를 약간 찌푸리면서 말했다.

"그런데 세라, 이런 데서 어떻게 살아?"

어멘가드는 다락방을 둘러보며 물었다.

"으응, 좋은 방이라고 생각하면 살 수 있어. 아니면 이야기 속에 나오는 방이라고 생각하든지."

세라는 이야기를 하면서 천천히 상상의 날개를 펼쳤다. 그 끔찍한 일을 겪은 뒤, 상상력이 굳어져 버린 줄 알았는데 다시 머릿속에 이야기가 떠오른 것이다.

"나보다 더 지독한 곳에서 살았던 사람들도 있는걸. 지하 감옥에 살았던 몽테크리스토 백작을 생각해 봐. 그리고 바스티유 감옥에 사는 사람들은 또 어떻고!"

"바스티유 감옥?"

어멘가드는 눈을 반짝이며 물었다. 문득 세라가 프랑스 혁명에 관해 들려주던 일이 생각났다.

"그래, 나는 바스티유 감옥에 갇힌 죄수나 마찬가지라고 생각해. 너무 오랫동안 갇혀 있어서 모든 사람들이 나를 잊었고, 민친 선생님은 교도관이며 베키는 옆방의 죄수야. 그렇게 생각하면 마음이 한결 가벼워져."

어멘가드는 세라의 말에 감동했다.

"저어, 세라, 그런 이야기를 다른 아이들한테도 들려주면 얼마나 좋을까? 밤에 아무도 보지 않을 때, 아이들과 함께 여기 올라와서 네가 지은 이야기를 들었으면 좋겠어."

"좋아!"

세라는 고개를 끄떡이며 대답했다.

세라의 세 번째 친구는 로티였다. 로티는 너무 어려서 불행이 무엇인지 잘 몰랐다. 다만, 요즈음 세라의 변한 모습을 보고 그저 어리둥절해할 뿐이었다.

"세라, 이제 정말 가난뱅이가 된 거야?"

세라가 하급반 프랑스어 수업을 하는 날, 로티는 아주 조심스레 물었다.

"아니야, 거지들은 살 곳이 없지만, 난 살 곳이 있는걸."

세라가 의젓하게 말했다.

"그게 어딘데? 세라의 방에 가 보니까 다른 아이가 있던데? 그 방은 이제 전처럼 예쁘지도 않아."

"난 다른 방에 살아."

"그 방도 좋아? 나 거기 가 볼 테야."

"로티, 이렇게 자꾸 떠들면 안 돼. 민친 선생님이 아시면 나한 테 화를 내실 거야."

요즈음에는 무엇이든지 잘못된 것이 있으면 으레 세라가 야단을 맞았다. 아이들이 떠들어도, 한눈을 팔아도 결국 꾸중을 듣는 건 세라였다.

하지만 로티는 한번 마음먹으면 결코 물러서지 않는 아이였기 때문에, 세라가 알려 주지 않아도 어떻게든 세라의 방을 찾아 나서야겠다고 생각했다.

그러던 어느 날, 아이들이 말하는 걸 엿들은 로티는 세라의 방을 찾아 나섰다. 그리고 지금까지 본 적도 들은 적도 없는 층계를 몇 개나 올라가 마침내 다락방에 이르렀다.

로티의 짧은 다리로는 마치 수백 개의 층계를 올라온 것만 같았다.

세라는 탁자 위에 올라가 밖을 내다보고 있었다.

"세라, 세라 엄마!"

세라는 자기를 부르는 로티의 목소리를 듣고 깜짝 놀라 뒤를 돌아보았다. 정말 로티였다. 세라는 탁자 위에서 뛰어내려 얼른

로티에게 달려갔다. 로티가 울음을 터뜨리기라도 해서 민친 선
생님에게 들키면 큰일이 나기 때문이었다.

"로티, 제발 떠들지 마. 여기도 별로 나쁜 방은 아니잖아."

"여기가 나쁜 방이 아니라고? 왜 나쁜 방이 아니야?"

로티는 방 안을 둘러보며 말했다. 로티는 여전히 응석받이였
으나, 세상에서 누구보다 세라를 좋아했으므로 울지 않으려고
애쓰는 중이었다.

"여기선 아래층에서 볼 수 없는 여러 가지를 볼 수 있거든."

"그게 뭔데?"

"저 굴뚝 좀 봐. 연기가 뭉게뭉게 나와서 구름처럼 하늘로 올

라가는 게 보이지? 또 참새들이 날아다니며 사람처럼 얘기를
하고……. 가끔은 지붕 위의 다락방 창문으로 사람들이 고개를
내밀기도 한단다. 마치 다른 세상에서 살고 있는 것 같아.”

　“나도 보고 싶어. 어서 나 좀 올려 줘!”

　세라는 로티를 탁자 위로 올려 주었다. 두 소녀는 낡은 탁자
위에 나란히 서서 지붕에 난 네모 창문에 기댄 채 바깥 풍경을

내다보았다.

"저 다락방에도 누가 살았으면 좋겠어. 이곳과 가까우니까 저 방에 누가 산다면 서로 얘기도 나눌 수 있을 텐데."

세라는 굳게 닫힌 옆집 다락방 창문을 보며 아쉬운 듯 말했다.

로티는 이 다락방에서 하늘이 더 가깝게 보이는 게 마냥 신기했다.

"세라, 난 이 방이 좋아. 아래층보다 좋아!"

로티는 신이 나서 외쳤다. 그러고는 세라와 함께 참새에게 주머니에 든 과자 부스러기를 던져 주며 즐거워했다.

"로티, 이 방은 조그맣고 높기 때문에 누운 채 하늘을 볼 수도 있어. 맑은 날에는 구름이 손에 잡힐 듯 가까이 떠 가고, 흐린 날에는 후두둑후두둑 떨어지는 빗방울이 마치 아름다운 음악을 연주하는 것 같아. 별이 초롱초롱 빛나는 밤에는 저 유리창 안에 별이 몇 개가 들어 있나 세어 보기도 하고……."

세라는 어린 로티의 손을 잡고 방 안을 돌아다니며 다락방의 좋은 점을 하나하나 들려주었다.

"그리고 바닥에는 두껍고 푹신푹신한 인도 양탄자를 깔고, 저 구석에는 예쁜 소파와 예쁜 방석들을 놓을 거야. 그 앞에는 손을 뻗치면 바로 책을 꺼낼 수 있도록 책장을 놓아야지. 녹슨 난

로도 반짝반짝 윤이 나게 닦고, 맞은편에 양털 담요를 깔고, 벽에도 아름다운 벽걸이와 작고 예쁜 액자를 걸 테야. 그리고 저쪽에는 장밋빛 갓을 씌운 등도 놓아야지. 방 한가운데에는 탁자를 놓고, 뜨거운 물이 담긴 구리 주전자를 올려놓으면 좋을 거야. 물론 침대에는 비단 이불을 깔아 놓고……."

세라는 꿈꾸듯 이야기했다.

"세라, 나도 여기서 살고 싶어!"

로티가 큰 소리로 말했다.

"그렇지만 로티, 그건 안 돼. 민친 선생님이 아시면 혼쭐이 날 테니 어서 아래층으로 내려가자."

세라는 로티를 바래다 주고 다시 방으로 돌아왔다. 그러자 방금 전 로티에게 들려준 아름다운 방은 온데간데없이 사라지고, 딱딱한 침대에는 낡은 이불이 덮여 있었다. 벽은 칠이 벗겨져 보기 흉했으며, 난로는 깨지고 잔뜩 녹이 슬어 있었다. 세라는 하나밖에 없는 허름한 의자에 걸터앉아 얼굴을 두 손으로 감싸 안았다. 로티가 돌아가자 방은 더욱 쓸쓸해진 것 같았다.

"이 다락방이 세상에서 가장 쓸쓸한 곳일지도 몰라."

세라는 혼자 중얼거렸다.

바로 그때였다. 바로 옆에서 바스락거리는 소리가 들렸다. 고개를 돌려 소리 나는 곳을 바라본 세라는 깜짝 놀랐다. 그곳에는 커다란 쥐 한 마리가 똑바로 선 채 뭔가 냄새를 맡고 있는 것이었다. 쥐는 로티가 흘린 과자 부스러기 냄새를 맡고 구멍 속에서 나온 것 같았다.

쥐는 마치 수염을 기른 난쟁이 같은 모습으로 세라에게 뭔가 물어 볼 말이 있다는 듯 두 눈을 반짝였다. 그 순간 세라는 또 상상의 날개를 펼쳤다.

'세상에 쥐로 태어난다는 건 정말 불행한 일이야. 하지만 이 쥐도 자기가 원해서 쥐로 태어난 건 아니겠지.'

세라가 이런 생각을 하면서 잠자코 있자 쥐도 용기가 생긴 모양이었다. 쥐는 몹시 배가 고팠고, 구멍 속에 있는 아내와 아기 쥐들도 먹을 것을 달라며 찍찍 울고 있었다.

"그 과자 부스러기를 가지고 가렴. 바스티유 감옥의 죄수도 쥐와 아주 친하게 지냈대. 나도 너랑 사이좋게 지내고 싶어."

세라는 마치 쥐가 자기 말을 알아듣기라도 하는 것처럼 조그맣게 말했다. 그러자 쥐도 세라의 말을 알겠다는 듯이 조심조심 과자 부스러기를 먹기 시작했다. 그러고는 과자 부스러기 중에서 제일 큰 덩이를 덥석 물더니 재빨리 나무 벽 사이의 구멍 속으로 들어가 버렸다.

그로부터 1주일이 지난 뒤, 어멘가드가 아무도 몰래 살금살금 다락방으로 올라왔을 때였다. 안에서 작은 소리로 웃으면서 누군가에게 얘기하는 소리가 들려왔다.

"세라, 너 누구하고 얘기하고 있었니?"

어멘가드는 의아한 얼굴로 물었다.

"응, 쥐야. 멜키세딕이라고 내가 이름도 지어 줬어."

"뭐, 쥐, 쥐라고?"

어멘가드는 깜짝 놀라 침대 위로 뛰어올라가더니 빨간 숄로 몸을 감쌌다.

"설마 갑자기 튀어나와 침대로 뛰어오르지는 않겠지?"

"아니, 우리랑 똑같이 예의바른 쥐야. 자, 볼래?"

세라는 이렇게 말하고 벽 쪽으로 가서는 나지막이 휘파람을 불었다. 그러자 회색 수염에 눈이 반짝반짝 빛나는 쥐가 구멍 밖으로 얼굴을 쏙 내밀었다. 세라가 빵 부스러기를 뿌려 주자 멜키세딕은 살금살금 기어 나와 열심히 먹더니, 제일 큰 덩어리를 물고는 구멍 속으로 돌아갔다.

"어때, 봤지? 멜키세딕은 자기 식구를 위해서 제일 큰 부스러기를 물어다 준단다. 저 소리를 잘 들어 봐. 아기쥐들과 아내, 또 하나는 멜키세딕의 소리란다."

"세라, 넌 정말 특이한 아이야! 멜키세덕이 마치 사람인 것처럼 이야기하고!"

어멘가드는 웃음을 터뜨렸다.

"나는 멜키세덕 역시 사람과 크게 다를 게 없다고 생각해. 사람처럼 결혼도 하고 아기 쥐도 낳고, 그래서 내가 멜키세덕이라고 이름을 붙여 줬어. 바스티유 감옥에 나와 함께 갇혀 있는 내 친구지."

"지금도 바스티유 감옥 이야기야?"

"그래, 난 이곳이 거의 바스티유 감옥 같은 생각이 들어. 특히 날씨가 추울 때는 말이야."

그때 어디선가 벽을 두 번 두드리는 소리가 났다.

"무슨 소리니?"

어멘가드는 깜짝 놀라 하마터면 침대에서 떨어질 뻔했다.

"응, 저건 옆방 죄수가 그러는 거야."

"뭐, 베키가?"

"그래, 두 번 두드리면 '잘 있니?'라는 신호야."

세라는 그렇게 말하곤 벽을 세 번 두드렸다.

"이건 '잘 있어'라는 뜻이야."

그러자 저쪽에서 또 네 번 똑똑 두드렸다.

"이번에는 '세라, 잘 자!'라는 신호란다."

"어머, 정말 재미있구나. 마치 무슨 모험 이야기 같아."

어멘가드는 모든 게 다 신기한 듯 환히 웃었다.

"그래, 맞아. 생각하기에 따라서 모든 게 다 이야기야. 너도 나도, 여기 민친 여학교에서 일어나는 모든 일들이 다……."

세라는 이렇게 말하며 또 이야기를 시작했다.

어멘가드는 세라와 함께 있는 이 시간이 가장 행복했다. 잠시 후 세라는 어멘가드 등을 떠밀며 말했다.

"자, 이제 그만 가. 밤새도록 바스티유에 있을 수는 없잖니."

인도에서 온 신사

    어멘가드나 로티가 세라의 다락방에 드나드는 건 쉬운 일이
아니었다. 민친 선생님에게 들키면 날벼락이 떨어질 것이기 때
문이었다. 그래서 어멘가드와 로티는 세라의 방에 자주 갈 수가
없었다.

    세라는 쓸쓸하고 외로운 나날을 보냈다. 특히 비 오는 날이면
더했다. 낡은 옷에 장바구니를 든 채 빗물이 스며드는 신발을
신고 거리를 달려갈 때면, 이 세상에 자기 혼자라는 사실을 더
욱 뼈저리게 느끼곤 했다.

    세라가 '세라 공주님'이라고 불렸을 때는 길을 가던 사람들이
세라의 환한 얼굴과 예쁜 옷차림을 보고 홀린 듯 발걸음을 멈추

고 바라보곤 했다. 하지만 이젠 아무도 세라를 봐 주지 않았고, 거리를 부지런히 걸어도 눈여겨보는 사람이 없었다.

세라는 키가 부쩍 자랐는데도 민친 선생님이 새 옷은 모두 팔아 버리고, 헌 옷을 계속 입힌 탓에 매우 초라해 보였다.

저녁 무렵, 불이 환하게 켜진 집 앞을 지날 때면 세라는 따뜻한 난롯가나 식탁에 둘러앉은 사람들에 대해 이런저런 상상을 하곤 했다. 그러다 보니 민친 여학교 근처에 자리잡은 몇몇 집들에 대해서 나름대로 잘 알게 되었다. 그 가운데 제일 마음에 드는 집을 '대가족'이라고 불렀다.

그 집은 아이들이 여덟 명이나 되었다. 또한 인자해 보이는 어머니와 아버지, 그리고 할머니와 하녀도 몇 명 살고 있었다.

그 '대가족' 집 아이들은 언제나 즐거워 보였다. 그래서 그 아이들에게도 책에 나오는 이름을 하나씩 붙여 주었다. '대가족'이라고 부르지 않을 때는 '몬트모렌시 가족'이라고 부르고, 여덟 명이나 되는 아이들의 이름도 하나하나 지어 불렀다.

어느 날 저녁, '몬트모렌시 가족'의 아이들 몇이 파티에 가고 있었다. 세라는 장바구니를 들고 초라한 옷을 입었다는 것도 잊은 채 멈춰 서서 그 아이들을 바라보았다.

마침 그때가 크리스마스 무렵이어서 '대가족' 아이들은 양말에 선물을 넣어 주거나 인형극을 보여 줄 부모가 없는 가엾은 아이들에 대한 이야기를 들은 터였다.

그 이야기를 들은 다섯 살짜리 꼬마 클라란스(원래 이름은 도널드)는 너무 감동해 빨리 그런 가난한 아이를 찾아내 자기가 갖고 있는 6펜스짜리 동전을 주어 앞으로 잘살게 해 주고 싶었다. 어린 클라란스는 그 돈이면 평생 편안히 먹고 살 수 있으리라 생각했던 것이다.

그런 생각을 하며 현관에서 마차까지 걸어오던 클라란스는 마침 세라가 낡은 장바구니를 들고 춥고 배고픈 얼굴로 자기를 바라보고 있는 걸 보았다. 클라란스는 저 아이야말로 오랫동안 제대로 먹지 못한 불쌍한 아이라고 생각했다.

하지만 세라는 행복한 가정에서 아무 구김 없이 자란 아이가 너무 귀여워서 물끄러미 바라보고 있었을 뿐이었다.

이윽고 클라란스는 호주머니에서 6펜스를 꺼내 쥐고 성큼성큼 세라 앞으로 다가가 말했다.

"자, 가엾은 소녀야, 여기 6펜스 받아!"

"응?"

"이걸 받으라고!"

클라란스는 처음보다 조금 더 소리를 높여 말했다.

"왜 나에게 이걸 주는 거야?"

세라는 깜짝 놀랐다. 그리고 그제야 자기 자신이 마차에서 내릴 때면 길거리에 서서 바라보던 가난한 아이와 똑같아 보인다는 걸 느꼈다. 세라도 한때는 그런 아이들에게 돈을 주곤 했다. 세라는 얼굴이 빨갛게 달아올랐다.

"어머, 아니야. 고맙지만 받을 수 없어!"

"받아야 하는데……."

"……."

세라는 목소리나 태도가 거리에서 구걸하던 보통 아이들과는 어딘가 달랐다. 그 아이의 누나들인 베로니카(원래 이름은 자네트)와 로자린(원래 이름은 노라)은 마차 밖으로 얼굴을 내밀고 세라를 내려다보았다.

그러나 클라란스는 착한 일을 꼭 하고 싶은 나머지 얼른 그 6펜스를 세라의 손에 쥐여 주었다. 만일 세라가 그 돈을 받지 않으면 무척 낙심할 것 같았다. 세라는 마지못해 얼굴을 붉히며 그 돈을 받았다.

"고마워, 정말 친절한 꼬마로구나."

세라는 클라란스의 얼굴을 보고 말했다.

"흐음, 헤헤."

클라란스는 무척 기뻐하며 마차에 올랐다.

'대가족' 아이들은 세라의 이야기를 하느라 떠들썩했다.

그때 자네트가 못마땅한 듯 말했다.

"얘, 도널드, 왜 그 아이에게 돈을 줬니? 그 아이는 거지가 아닌 것 같던데……."

"그렇지만 그 아이는 조금도 화내지 않고 나한테 친절한 아이라고 말하던걸?"

도널드는 여전히 잘했다는 듯 말했다.

"거지 같으면 절대로 그렇게 말하지 않았을 거야. 거지라면 '고맙습니다, 도련님.' 또는 '정말 고맙습니다.'라고 하면서 무릎을 굽혀 절을 했겠지."

그날부터 '대가족' 아이들은 세라에게 큰 관심을 갖게 되었다. 세라가 지나가면 창문 밖으로 내다보며 세라에 대해 이야기하곤 했다.

"저 아이는 학교의 하녀래. 돌봐 줄 가족이 없는 고아 같아. 그런데 차림은 초라해도 거지는 아니야."

자네트가 말했다.

그 뒤 '대가족' 아이들은 세라를 '거지 아닌 아이'로 불렀다.

세라는 도널드가 준 6펜스짜리 은전에 구멍을 뚫어 줄에 꿴 다음 목에 걸고 다녔다. 세라도 점점 '대가족'이 좋아졌다. 세라는 한번 마음에 들면 자꾸만 좋아하는 성격이었다.

날이 갈수록 베키도 좋아지고, 매주 두 번 있는 하급생 수업도 좋아했다. 어린아이들도 세라를 좋아하고 공부도 잘했다. 또한 세라는 지붕 위의 참새들과 멜키세딕과도 아주 친하게 지냈다. 게다가 세라에겐 다정한 친구 에밀리가 있었다.

그러나 추위와 빗속을 뚫고 심부름을 다녀온 날이거나, 요리사한테 실컷 욕을 얻어먹은 날은 슬펐다. 너무 슬퍼 살고 싶은 생각이 사라질 지경이었다.

그리고 민친 선생님에게 꾸지람을 듣거나, 아이들이 자신의 초라한 옷차림을 보고 수군거리는 소리를 들은 날에는 아무리 마음을 진정시키려 해도 뜻대로 되지 않았다. 쓸쓸함이나 외로움이 가시지 않는 것이었다.

어느 날, 세라는 하루 종일 힘든 일을 해 피곤한 몸을 이끌며 다락방으로 올라왔다. 다른 때 같았으면 정다웠을 에밀리의 멍한 눈과 생기 없는 팔다리를 보며 세라는 그만 화가 치밀었다.

이제껏 자기를 위로해 주는 건 에밀리밖에 없었다. 그런데 에밀리까지도 기운이 없어 보이자 세라는 털썩 주저앉아 혼잣말을 중얼거렸다.

"아, 나는 이제 금방 죽고 말 거야."

하지만 에밀리는 여전히 멍한 표정 그대로였다.

"그래, 더 이상은 못 참겠어. 난 곧 죽을 거야. 이토록 춥고 배가 고파서야 어떻게 살겠어? 오늘 하루 몇 백 리나 걸어다녔는데, 사람들은 하루 종일 나한테 욕만 퍼붓잖아. 그리고 요리사가 사 오라는 걸 잘못 사 왔다고 저녁도 안 주고! 그뿐만이 아니야. 신발이 낡아서 넘어졌는데도 진흙투성이가 된 나를 보고 깔깔 웃는 사람도 있었어. 에밀리, 내 말 들리니?"

"……."

세라는 에밀리의 멍한 눈을 보자 더 화가 치밀었다. 그래서 에밀리를 힘껏 내동댕이치고는 엉엉 울기 시작했다. 그러다가 얼마 후, 고개를 들어 에밀리를 바라보았다. 에밀리는 고개를 갸우뚱하고 세라를 쳐다보는 것 같았다. 마음을 진정한 세라는 자신의 행동을 후회하며 에밀리를 껴안았다.

"그래, 네가 인형인 건 네 탓이 아니지."

세라는 에밀리에게 입을 맞추고는 의자에 앉혀 놓았다.

"미안하구나."

그러고는 옆집 다락방으로 누군가가 빨리 이사 왔으면 좋겠다고 생각했다. 그 집 창문에서 누가 얼굴을 내밀면 무척 반가울 것 같았다.

그런데 어느 날 오후, 세라가 심부름을 갔다가 돌아와 보니 가구를 잔뜩 실은 마차가 옆집 앞에 서 있었다.

"누가 이사 오는구나!"

세라는 들뜬 마음으로 이삿짐 나르는 걸 구경하다가 티크 목재로 된 책상과 의자, 동양 자수로 꾸민 병풍을 보고 갑자기 옛날 생각이 났다. 그 가구들은 세라가 인도에서 쓰던 것들과 같았다. 민친 선생님이 가져간, 아버지가 보내 주셨던 책상도 티크 목재로 만든 것이었다.

"이 집 식구 중에 누군가가 인도에 다녀온 게 틀림없어. 정말 반가운 일이야. 만약 이사 온 집에 아이들이 있으면 '대가족' 아이들도 놀러 오겠지? 그러다 보면 다락방에 올라올지도 몰라."

세라는 중얼거렸다.

밤이 되자 베키는 새로운 소식을 들려주었다.

"옆집에 이사 온 사람은 인도 신사래요. 엄청난 부자인데 몸이 많이 아픈가 봐요. '대가족' 아빠는 그 신사의 변호사래요. 그분은 큰 걱정거리가 생겨서 병이 났대요."

"아, 그렇구나."

"어떤 분인지 한번 봤으면 좋겠어요."

베키는 그날 밤늦게까지 그 옆집 주인은 어떤 사람일까, 그의 아내와 아이들은 또 어떤 사람일까 등등 여러 가지 이야기를 하다가 돌아갔다.

베키의 호기심이 채워진 건 그때부터 2주일이나 지나서였다. 옆집 주인은 부인도 아이들도 없는 외로운 사람이며, 몸과 마음이 많이 아프다는 것이었다.

람 다스

어느 날, 세라는 다락방 창문으로 머리를 내밀고 금빛으로 물든 저녁 하늘을 바라보며 혼잣말을 했다.

"아, 정말 멋지다. 이렇게 아름다운 저녁노을을 보니 무슨 좋은 일이라도 생길 것 같은걸!"

그런데 갑자기 이상한 소리가 들리더니 옆집 다락방 창문으로 사람 머리가 불쑥 나타났다. 머리에 터번(인도 사람이나 이슬람교도 남자가 머리에 둘둘 감는 천)을 쓴 인도 사람이었다. 그리고 조금 전에 들려왔던 이상한 소리는 인도 사람이 품에 안고 있는 아기 원숭이 울음소리였다.

세라는 그 인도 사람에게 방긋 웃어 보였다.

그러자 인도 사람도 반짝이는 하얀 이를 드러내며 활짝 웃었다. 그때 그의 손에서 원숭이가 날쌔게 빠져나와 지붕을 가로질러 와서는 세라의 어깨에 매달렸다. 그러더니 순식간에 다락방으로 뛰어들었다.

　세라는 그 모습이 재미있어서 까르르 웃다가 원숭이를 주인에게 돌려줘야 할 것 같아 아버지와 함께 인도에서 살 때 배웠던 인도말로 말했다.

　"이 원숭이를 붙잡아 드리고 싶은데, 저 혼자 할 수 있을지 모르겠네요."

　세라가 인도말을 하자, 인도 사람은 깜짝 놀라더니 반갑게 말했다. 영국에서, 그것도 이처럼 작은 소녀에게서 자기 나라 말을 들으리라고는 꿈에도 상상하지 못했던 모양이다.

　"고맙습니다만, 아가씨. 그 원숭이는 착하긴 하지만 아주 장난꾸러기라 붙잡기 어렵답니다. 이 람 다스의 말은 잘 알아들으니까 제가 지붕을 건너가서 데리고 오면 안 될까요?"

　람 다스가 말했다.

　"네, 건너 오세요. 원숭이는 지금 방 안을 이리저리 뛰어다니고 있어요."

　람 다스는 다락방 창문을 빠져나오더니 마치 지붕 위에서 산

사람처럼 날렵하게 세라의 다락방으로 건너왔다.

원숭이는 람 다스를 보고 꺅꺅 이상한 소리를 내며 이리저리 도망을 다니더니, 람 다스 어깨 위로 뛰어올라 작고 가는 팔로 람 다스의 목을 감싸안았다. 람 다스는 초라한 세라의 방을 둘러보고도 마치 공주를 대하듯 정중하게 인사를 했다.

"아가씨, 고마워요. 요 녀석이 사실은 참 착하답니다. 때때로 편찮으신 주인님의 기분을 풀어 드리기도 하거든요. 만일 이놈이 도망갔더라면 정말 슬퍼하셨을 것입니다."

람 다스는 이렇게 말하곤 원숭이만큼이나 날쌔게 창문을 빠져나가 지붕을 건넜다.

세라는 방 한가운데 우두커니 서서 그 인도 사람의 모습과 인도에서의 생활을 떠올렸다. 세라는 아빠와 인도에서 살 때 방금 람 다스가 했던 것처럼 하인들이 코가 땅에 닿도록 절을 하거나 세라의 말이면 무엇이든지 다 들어주었다. 그때는 정말 부족함이 없이 행복하게 살았다. 하지만 이제 다시는 돌아갈 수 없는 꿈 같은 이야기였다.

민친 선생님은 세라가 앞으로 이삼 년만 지나면 틀림없이 쓰임새가 많은 아이가 되리라 생각했다. 그때가 되면 교실에서 실컷 부려먹을 생각이었다. 그렇게 되면 사정이 지금보다야 좋아지겠지만, 그때도 여전히 허름한 옷과 거친 음식이 전부일 것이다. 그때 갑자기 세라의 뺨이 발그레해지며 눈이 반짝 빛났다.

'그래, 어떤 일이 있더라도 한 가지는 변하지않아. 내가 아무리 누더기를 걸쳤더라도 마음속으로는 공주님이 될 수 있어. 마리 앙투아네트는 여왕 자리에 있을 때보다 감옥에 갇힌 채 검은 옷을 입고 간수들에게 놀림을 받을 때 훨씬 더 여왕다웠잖아?'

세라는 이런 상상을 하며 다른 사람이 아무리 심술궂게 굴어도 참고 지냈다.

'공주님은 언제나 정중해야 해.'

세라는 이렇게 자신을 타일렀다.

한번은 요리사가 킥킥 웃으며 이렇게 말했다.

"저 애는 참 이상한 아이야. 마치 영국 공주처럼 도도하고 우아하게 군다니까. 내가 아무리 화를 내도 그저 '알았어요, 요리사님.'이라거나 '부탁드릴게요, 요리사님.' 또는 '죄송해요, 요리사님.' 하고 말하거든."

람 다스와 원숭이를 만난 다음 날 아침, 세라는 하급반 교실에 있었다. 수업을 마치고 연습장을 걸으면서 세라는 옛날 왕들이 변장을 하고 돌아다니다가 겪은 이야기를 생각하고 있었다. 예를 들어 알프레드 대왕은 목동의 아내에게 뺨을 맞았는데, 그가 왕이라는 걸 알고는 기절할 듯 놀라는 장면이었다.

'만일 민친 선생님이 발가락이 쑥 나오는 신발을 신은 내가 공주라는 걸 알면 어떤 표정을 지을까?'

그 순간, 세라는 민친 선생님이 제일 싫어하는 얼굴 표정을 지어 보았다. 그런데 하필이면 바로 옆에 있던 민친 선생님이 그 모습을 보고는 화가 나서 세라의 뺨을 때렸다.

깜짝 놀라 정신을 차린 세라는 자신도 모르게 웃고 말았다.

"왜 웃는 거야? 이 건방진 계집애 같으니라고!"

"뭘 좀 생각하고 있었어요."

"뭐라고? 무슨 생각을 했는지, 어서 말해 봐!"

민친 선생님은 떨리는 목소리로 다그쳤다.

"저는 선생님께서 만일 제가 공주라는 걸 아신다면 얼마나 놀라고 당황하실까, 상상하고 있었어요."

그러자 교실 안에 있던 아이들의 눈이 휘둥그레졌다.

"뭐, 뭐라고? 정말 넌 뚱딴지 같구나. 당장 나가지 못해!"

"제가 무례하게 웃었다면 죄송해요."

세라는 이렇게 말하며 밖으로 나갔다. 민친 선생님은 분에 못 이겨 어쩔 줄을 몰랐다. 아이들은 책을 덮고 수군거렸다.

"세라 표정 봤지? 뭔가 숨기고 있는 게 확실해."

불쌍한 사람

세라는 옆집 인도 신사를 한 번도 만난 적이 없지만, 지붕 저편에 살고 있는 인도 신사에 대해 여러 가지 상상을 해 보았다.

세라는 어느 날 어멘가드에게 말했다.

"난 그분이 점점 마음에 들어. 그래서 그분과 아주 친해진 것만 같아. 한 번도 만난 적이 없는 사람이라도 친척 같은 기분이 들 수 있거든. 하지만 그분한테 날마다 두 번씩 의사가 다녀가는 걸 보면 어쩐지 걱정이 돼."

"난 친척이 별로 없어. 그래서 차라리 다행이라고 생각해. 내겐 큰어머니가 두 분 계시는데, 늘 '어멘가드, 왜 그렇게 뚱뚱해졌니? 단걸 너무 좋아하면 안 돼.'라고 말하고, 삼촌은 '에드워드 3세가 즉위한 게 언제지?'라든가 '뱀장어를 너무 많이 먹고 죽은 왕이 누군지 아니?' 하고 물어 보신다니까."

세라는 까르르 웃었다.

"그렇지만 난 그분을 한 번도 만난 적이 없는걸. 그리고 그 인도 신사는 아무리 가까운 사이가 되어도 네 친척처럼 그런 걸 묻지는 않을 거야."

세라는 그 인도 신사를 위로해 주고 싶은 생각이 들었다. 그런데 어떻게 알았는지 부엌일을 하는 하인들은 옆집 인도 신사에 대해 많은 이야기를 주고받았다.

"사실 그 엄청난 부자는 원래 인도 사람이 아니라, 인도에서 살던 영국 사람이래."

"그래, 한 번은 재산을 몽땅 잃고 낙심한 나머지 뇌염에 걸려 죽을 뻔했대. 다행히 재산을 도로 찾긴 했지만, 아직 병이 낫지 않은 거래."

"다이아몬드 광산을 가지고 있었대. 광산에 대해서는 우리도 좀 알잖아, 얼마나 위험한지."

요리사가 세라를 힐끔거리며 말했다.

그 말을 듣던 세라의 눈이 반짝 빛났다.

'아, 그분도 아빠와 같은 일을 당하셨구나. 그리고 아빠처럼

병이 들었어. 하지만 그분은 재산도 되찾고 목숨도 건졌는데,
우리 아빠…….'

세라는 이렇게 생각하자 더욱 그 인도 신사에 대해 마음이 끌
렸다. 그리고 밤에 누가 심부름을 보내면 다행이라고 생각했다.
그 집 커튼이 열려 있으면 따뜻한 난로 앞에 앉아 있는 인도 신
사의 모습을 바라볼 수 있기 때문이었다.

그리고 때로는 그 인도 신사가 듣기라도 하는 것처럼 '안녕히
주무세요.' 하고 인사를 하기도 했다. 그런데 그 인도 신사는 언
제나 잠옷 차림으로 난로 앞 안락의자에 앉아 이마에 손을 얹은
채 괴로운 표정이었다.

"저분은 잃었던 재산도 되찾고 병도 차차 나아지고 있다는데
왜 저렇게 괴로워하는 걸까? 어쩌면 '대가족'의 주인은 알고 있
을지도 몰라."

세라는 걱정이 되었다. '대가족' 식구들은 그 집엘 자주 가곤
했다. 인도 신사는 그 집 아이들 가운데 자매인 자네트와 노라
를 특히 귀여워했다. 인도 신사의 이름은 캘리스퍼드였다.

자네트는 캘리스퍼드 씨에게 '거지가 아닌 아이'에 대한 이야
기를 들려주었다. 람 다스는 또 주인인 캘리스퍼드 씨에게 원숭
이를 놓쳐서 다락방으로 갔을 때 본 초라한 마룻바닥과 칠이 벗

겨진 벽, 딱딱한 침대, 그리고 세라에 관해 이야기해 주었다.

캘리스퍼드 씨는 그 이야기를 듣고 자네트의 아버지에게 말했다.

"카마이클, 혹시 내가 잠시도 잊지 못하는 그 아이도 저 옆집 다락방 소녀처럼 가엾은 신세가 되지는 않았을까?"

"설마. 그 아이는 파리에 있는 학교에 들어갔다고 하지 않았는가?"

카마이클 씨가 물었다.

"글쎄, 나는 그때 광산 때문에 정신이 없어서 잘 모르지만, 그 아이의 어머니가 프랑스 사람인데다가 크루 대령은 늘 딸을 파리의 학교에 보내겠다고 말하곤 했지."

"파리의 파스칼 학교에 있던 아이가 바로 그 아이라면, 그 애를 잘 돌봐 줄 사람들 집으로 입양되어 간 것 같아. 어떤 러시아 사람들이 죽은 자기 딸과 친구였다면서 그 애를 모스크바로 데리고 갔다고 했거든."

"그런데 자넨 그 애가 내가 찾는 아이가 아닐 거라고 했지?"

캘리스퍼드 씨가 물었다.

"파스칼 선생님이 그 애 이름을 크루가 아닌 커루처럼 발음했어. 하지만 영국 장교가 엄마 없는 딸을 기숙 학교에 맡긴 후 몇 년 전 재산을 다 잃고 갑자기 죽었다는 얘기를 들어 보면 틀림없이 그 아이 같기도 하고⋯⋯."

"카마이클, 어떤 방법을 써서라도 그 아이를 찾아야 해. 이제 광산 일이 다 잘되어 우리의 엄청난 꿈이 이루어졌는데, 크루 대령의 딸이 거지가 되어 있을지 모른다니!"

"제발 진정하게. 그 아이를 찾으면 큰 재산을 남겨 줄 수 있을 테니 마음을 편히 갖게."

카마이클 씨가 위로를 했다.

하지만 캘리스퍼드 씨는 괴로운 나머지 흥분해서 말했다.

"내가 지금 괴로운 건 나를 믿고 모든 걸 투자했던 친구를 두고 도둑처럼 도망쳤던 일이야. 그는 나를 태산같이 믿었는데, 나는 그런 그를 죽음으로 몰고 갔으니⋯⋯."

"하지만 자네도 그때는 제정신이 아니었잖은가. 뇌염 때문에 병원에 들어가 침대에 묶인 채 마구 헛소리를 하고 있었잖나."

"내가 정신을 차렸을 때 크루 대령은 이미 이 세상 사람이 아니었지. 나는 병원에 있던 그 몇 달 동안 모든 것을 다 잊어버렸고, 크루 대령에게 딸이 있다는 것도 생각해 내지 못할 정도였으니까."

캘리스퍼드 씨가 이마의 땀을 닦으며 말했다.

"분명히 크루 대령한테 딸이 다니는 학교의 이름을 들었을 텐데 전혀 생각이 안 나. 크루 대령은 딸을 언제나 '작은 아씨'라고 불렀지. 아무리 광산 일이 눈코 뜰 새 없이 바빠도 하나밖에 없는 딸 이야기를 했을 텐데, 그 애가 다니는 학교 이름까지도 다 잊어버리고 말다니."

"자, 이제부터 찾으면 돼. 내가 파리에 있는 파스칼 선생님도 만나 보고, 모스크바에도 가 볼 테니……."

카마이클 씨는 힘있게 말했다.

"아, 나도 같이 갔으면 좋으련만 이렇게 벽난로 앞에 앉아 있는 게 고작이니……. 가끔 불 속을 들여다보면 크루 대령이 나타나 '여보게, 나의 작은 아씨는 지금 어디 있나, 응?' 하고 묻는다네. 그러니 제발 그 아이를 꼭 찾아주게."

캘리스퍼드 씨는 카마이클 씨의 손을 꼭 잡고 애원했다.

바로 그때 벽 저쪽에 있는 다락방에서는 세라가 저녁 먹이를 찾아 나온 멜키세딕과 이야기를 하고 있었다.

"멜키세딕, 오늘은 공주 노릇 하기가 정말 힘들었단다. 날씨가 추워지고 길이 질척거리니까 더 힘들어. 내가 복도를 지나가니까 라비니아가 진흙투성이가 된 내 치마를 보며 뭐라고 비웃지 뭐야. 나도 화가 나서 뭐라고 한마디 할 뻔했는데 간신히 참았어. 공주는 그렇게 화를 내서는 안 되잖아. 참느라고 혀를 다 깨물었단다. 하지만 멜키세딕, 오늘은 정말 추웠단다. 견디기가 너무 힘들었어. 휴, 밤이 되니까 더욱 춥구나."

세라는 혼자 있을 때 가끔 그러듯이 갑자기 두 팔에 얼굴을 묻었다.

"아, 아빠의 '작은 아씨'였던 그때가 정말 그리워요!"

세라는 슬픈 목소리로 중얼거렸다.

멜키세딕이 본 것

그해 겨울은 참으로 추웠다. 며칠 동안 계속해서 비가 내렸다. 거리는 매우 쌀쌀했고 질척거렸으며, 축축한 안개가 자욱이 끼어 있었다. 세라는 그런 날에도 멀리 심부름을 가야만 했다.

세라는 그날 먼 곳까지 심부름을 여러 번 다녀왔다. 옷은 비에 젖어 몸에 찰싹 달라붙고, 해진 신발 사이로 물이 새어 들어와 발이 꽁꽁 얼어붙는 것 같았다. 그런데도 민친 선생님은 심부름을 갔다가 늦게 도착했다고 저녁밥도 먹지 못하게 했다. 그럴 때마다 세라는 마음속으로 다른 생각을 했다. 뭐든지 '된 셈' 치고 '있는 셈' 치는 것이었다. 그런데 그날은 다른 어느 때보다 더 힘들었다.

'푹신한 신을 신고 따뜻한 외투를 입고 있으며, 멋진 우산을 갖고 있다고 생각하자. 그리고 6펜스가 있어서 맛있는 빵을 여섯 개 사 먹은 셈 치자.'

세라는 몇 번이고 그렇게 생각했다.

그런데 참으로 이상한 일이 일어났다. 세라가 이렇게 마음속으로 생각하며 걷고 있는데, 웅덩이 속에서 뭔가 반짝이는 게 보였다. 그것은 바로 4펜스짜리 은화였다.

"어머, 진짜 은화야!"

세라는 좋아서 어쩔 줄을 몰랐다. 그러고는 길 건너에 있는 빵 가게를 바라보았다. 그 안에는 마음이 넉넉하고 인자해 보이는 아주머니가 갓 구워 낸 따끈따끈한 빵을 꺼내고 있었다. 순간, 구수한 빵 냄새를 맡자 정신이 아찔해졌다.

"혹시 빵 가게 아주머니가 떨어뜨린 건지 물어봐야겠다."

세라는 혼잣말을 하며 길 건너 빵 가게 앞으로 갔다. 그때 한 거지 소녀의 모습이 눈에 들어왔다. 그 아이는 누더기 옷을 걸치고, 때가 덕지덕지 묻은 맨발에다가 머리는 마구 헝클어져 있었다. 얼마나 굶주렸는지 눈이 퀭해 보였다.

"저 아이도 내 백성 가운데 한 사람인데, 나보다 훨씬 더 배가 고파 보이는구나."

세라는 4펜스짜리 은화를 움켜쥔 채 잠시 망설이다가 그 아이에게 이렇게 물었다.

"너, 저녁은 먹었니?"

"아니, 저녁은커녕 아직 아침도 못 먹었는걸. 하루 종일 한 푼도 못 벌었어."

세라는 여느 때처럼 이렇게 생각했다.

'그래, 내가 공주라면 나보다 더 가난하고 배고픈 백성에게 모든 것을 나눠 줘야 해.'

"얘야, 잠깐만 기다려."

세라는 그 아이에게 말하고는 빵집 안으로 들어갔다.

"아주머니 혹시 4펜스짜리 은화를 잃어버린 적 있으세요?"

세라가 4펜스짜리 은화를 내보이자 빵집 아주머니는 돈과 세라를 번갈아 바라보다가 말했다.

"아니, 난 잃어버리지 않았단다. 그러니 네가 가지렴. 누가 잃어버렸는지 알 수도 없으니 말이야."

"그래도 혹시나 하고 여쭤 본 거예요."

"넌 참 착한 아이구나."

빵집 아주머니는 말했다. 그러다가 세라가 빵을 바라보고 있는 걸 보고 물었다.

148

"뭘 사려고?"

"하나에 1펜스짜리 빵을 네 개 사려고요."

빵집 아주머니는 진열장으로 가더니 빵을 봉지에 담았다. 그런데 빵 네 개가 아니라 여섯 개를 담는 게 아닌가?

"저, 아주머니. 네 개만 달라고 했는데요? 저한테는 돈이 4펜스밖에 없어요."

"두 개는 덤이란다. 너 배가 몹시 고프지?"

"네, 몹시 배가 고파요. 하, 하지만······."

세라는 뒷말을 잇지 못하고 밖으로 나왔다. 가게에 한꺼번에 손님이 들어왔기 때문이다. 세라는 고맙다는 말을 하고는 밖으로 나왔다.

거지 소녀는 아직도 계단에 웅크리고 앉아 있었다. 세라는 빵을 꺼내 소녀에게 내밀었다.

"자, 따뜻한 빵이야. 어서 먹어."

거지 소녀는 갑작스럽고 놀라운 행운에 겁이 났는지 세라를 빤히 쳐다보았다. 그러다간 빵을 잡아채듯 움켜쥐고 눈 깜짝할 사이에 한 개를 다 먹어치웠다.

"애, 하나 더 먹어."

소녀는 또 한 개를 후딱 먹어치웠다.

'저 애는 나보다 더 굶주렸구나.'

이렇게 생각하며 세라는 세 개, 네 개, 다섯 개째 빵을 소녀에게 주었다.

그 거지 소녀는 세라가 자리를 떠날 때도 여전히 먹는 데만 정신이 팔려 있었다. 너무 배가 고파 고맙다는 말을 할 겨를도 없었던 것이다.

세라가 큰길을 건너가서 뒤를 돌아보자 소녀는 그제야 빵을 먹다 말고 물끄러미 바라보고 있었다.

바로 그때 빵집 아주머니가 밖을 내다보다가 거지 소녀에게 물었다.

"그 빵 저 아이가 준 거니?"

"네."

아이가 쉰 목소리로 대답했다.

"몇 개를 주던?"

"다섯 개요."

빵집 아주머니는 고개를 끄덕이며 나지막이 중얼거렸다.

"그 아이는 한 개만 먹었구나. 여섯 개를 다 먹어도 배가 부르지 않을 텐데. 그렇게 빨리 가 버리지 않았으면 열두 개라도 주었을 텐데……."

그리고는 빵집 아주머니는 거지 소녀를 데리고 가게 안으로 들어가서는 몸을 녹이라고 하면서 이렇게 말했다.

"앞으로 배가 고프면 언제라도 우리 집에 오너라. 아까 그 아이를 생각해서라도 너에게 얼마든지 빵을 줄 테니."

세라는 남은 빵 한 개로 배고픔을 달랬다.

'이게 요술 빵이라면 얼마나 좋을까? 한 입만 먹어도 한 끼 식사를 한 것처럼 배가 부를 수 있을 테니까.'

세라는 이런 생각을 하며 민친 여학교가 있는 거리로 왔다. 집집마다 환하게 불이 켜져 있었다.

'대가족'의 아버지가 멀리 여행을 떠나는지 현관문 앞에서 아이들에게 입을 맞추는 게 보였다. 마차에는 커다란 여행 가방이 실려 있었다.

"아빠, 모스크바는 눈으로 덮였겠지요?"

자네트가 물었다.

"그 애를 찾으면 꼭 안부 전해 주세요."

도널드도 소리쳤다.

"편지로 다 알려 주마. 빨리 들어가거라."

'대가족'의 아버지는 마차에 올라타며 인사를 했다.

세라는 그 신사가 찾는다는 아이가 도대체 누구일까 궁금해하며 집으로 돌아왔다.

그날 오후, 세라의 다락방 안에서는 이상한 일이 벌어졌다. 세라가 아침 일찍 나간 뒤 다락방은 다른 때와 마찬가지로 조용했다. 지붕을 두드리는 빗소리만이 들릴 뿐이었다. 오후에 비가 그치자 지붕에서 이상한 소리가 들렸다.

멜키세덕이 두근거리며 귀를 기울이고 있는데, 갑자기 창문이 열리더니 검은 얼굴이 불쑥 나타났다. 한 사람은 인도 사람이고, 또 한 사람은 캘리스퍼드 씨의 비서였다.

"이 방에 쥐가 있군."

어느 틈에 비서가 멜키세덕이 놀라 도망가는 걸 보고 말했다.

"네, 그렇습니다. 저 벽 속에 여러 마리가 있어요."

람 다스가 말했다.

"세상에, 그 아이가 꽤나 힘들었겠군."

"뭘요, 그 아이는 쥐하고도 퍽 친하답니다. 뿐만 아니라 제가 몰래 바라보니 그 아이는 이 탁자 위에 서서 하늘을 보며 이야기도 하고, 참새들도 그 아이가 부르면 포르르 날아온답니다."

람 다스가 말했다.

"자넨 그 아이에 대해 잘 알고 있구먼. 그런데 그 애가 갑자기 이 방에 들어오는 일은 없겠지? 그렇게 되면 캘리스퍼드 씨의 계획이 다 틀어져 버리는데…….”

비서가 걱정스레 말했다.

“그 애는 시장 바구니를 들고 나갔으니까 몇 시간 뒤에나 돌아올 거예요. 여기 서 있으면 충계를 올라오는 발소리가 다 들리니까 염려하지 마세요.”

람 다스의 말에 비서는 안심을 하며 수첩과 연필을 꺼내어 다락방의 모습을 하나하나 적어 나가기 시작했다.

비서는 제일 먼저 침대 쪽으로 다가갔다.

“이런, 돌덩이처럼 딱딱하군!”

비서는 이번에는 이불을 들춰 보았다.

“이렇게 낡고 초라한 이불도 있다니……. 깔개도 구멍이 나서 여기저기 기운 것이고. 저 난로는 아직 한 번도 불을 지핀 것 같지 않군.”

비서는 혀를 끌끌 찼다.

“제가 보아 온 이후로는 한 번도 불을 때지 않았습니다. 이 집 주인은 남의 추위 따위는 아랑곳하지 않는 사람이지요.”

비서는 수첩을 주머니 속에 넣었다.

“그런데 이런 멋진 계획을 누가 세웠지?”

비서가 빙그레 웃으며 물었다.

"처음에는 제가 생각해 냈어요. 하루는 그 애가 자기를 찾아오는 친구들에게 자기가 꾸며 낸 이야기들을 들려주는 걸 제가 엿듣게 되었지요. 그 아이는 친구들에게 이 초라한 다락방을 잘 꾸미면 얼마나 아늑한 곳이 될 것인가를 이야기했어요. 그래서 그 아이의 소원을 이튿날 주인 어른께 말씀드렸더니 그 방을 그 아이가 상상했던 대로 꾸며 주자고 하셨답니다."

"그랬군. 아무튼 이 세상에 캘리스퍼드 씨처럼 인정 많은 분도 드물 거야. 어서 그 아이를 찾아야 할 텐데……."

"그러게 말이에요. 그 애만 찾으면 건강도 좋아지실 거예요."

두 사람은 들어올 때와 마찬가지로 지붕 창문을 통해 조용히 빠져나갔다.

그제야 멜키세딕은 안심을 하고는 쥐구멍에서 나와 사람들이 혹시 빵 부스러기라도 흘리지 않았나 살피며 방 안을 이리저리 돌아다녔다.

다락방에 생긴 요술

지칠 대로 지친 몸으로 심부름을 다녀온 세라는 사 온 물건을 탁자 위에 올려놓고 요리사에게 조심스레 물었다.

"먹을 것 좀 있어요?"

"먹을 거? 차는 다 마셨고, 먹을 것도 다 먹어치웠어."

그날따라 민친 선생님에게 호되게 당한 요리사는 마치 화풀이할 상대를 만났다는 듯 퉁명스레 말했다. 그러다가 잠시 후, 선심이라도 쓰듯 말했다.

"저기 찬장에 빵이 있다."

세라는 찬장 문을 열고 빵을 찾아보았다. 하지만 오래 되어 딱딱하게 마른 빵이었다. 세라는 물과 함께 딱딱한 빵을 깨물어

먹었다. 그러고는 다락방으로 올라가는 층계를 멍하니 바라보았다. 피곤에 지친 세라는 몇 번이나 쉬었다가 올라갔다. 세라가 다락방 문 앞까지 왔을 때였다. 문 틈으로 희미한 불빛이 새어 나왔다. 어멘가드였다. 세라는 통통하고 귀여운 어멘가드가 빨간 숄을 두르고 앉아 있는 것만 보아도 마음이 따뜻해졌다.

"세라, 이제 돌아오는구나. 멜키세딕이 하도 방 안을 왔다 갔다 해서 무서워서 혼났어."

"그래도 너한테 마구 달려들지는 않을 텐데, 뭘."

어멘가드는 침대 끝 쪽으로 다가와 세라를 보며 말했다.

"세라, 얼굴이 왜 그렇게 핼쑥하니? 무척 피곤해 보인다."

"응, 몹시 피곤해."

세라는 의자에 털썩 주저앉으며 말했다.

그때 멜키세딕이 세라의 소리를 듣고 구멍 속에서 쪼르르 기어 나왔다.

"아, 가엾은 멜키세딕! 저녁을 먹으러 왔구나. 그런데 먹을 게 없어서 어쩌지?"

세라는 호주머니를 뒤져 보며 말했다.

"미안하구나. 오늘은 아무것도 없단다. 민친 선생님과 요리사한테 잔뜩 꾸지람을 듣느라 네 것을 못 챙겼어."

멜키세딕은 마치 알았다는 듯이 다시 구멍 속으로 들어갔다.

"어멘가드, 오늘 밤에 네가 올 줄은 꿈에도 몰랐어."

세라가 말했다.

"아멜리아가 큰어머니 댁에 갔거든. 우리가 잠잘 때 둘러보는 사람은 아멜리아뿐이잖니. 내일 아침까지 너랑 같이 있어도 괜찮을 거야. 참, 이것 봐! 아빠가 또 책을 보내셨어. 나중에 내용을 물어보신댔어."

어멘가드가 탁자 위에 있는 책 두 권을 가리켰다.

"어머, 이건 카알라일의 『프랑스 혁명』이잖아! 난 이 책이 얼마나 읽고 싶었는지 몰라."

세라는 뛸 듯이 기뻐했다.

"그럼, 네가 읽고 얘기해 주면 되겠다!"

어멘가드의 얼굴이 갑자기 환해졌다.

그때였다. 둘은 똑같이 눈을 커다랗게 떴다. 지붕 위가 아니라 아래층에서 민친 선생님의 잔뜩 화난 목소리가 들려왔다.

세라는 얼른 침대에서 뛰어내려 불을 껐다.

"쉿, 베키를 야단치는 소리야."

"그럼 여기도 올까?"

어멘가드가 벌벌 떨며 말했다.

"아니, 오지 않을 거야. 민친 선생님은 내가 자는 줄 알 테니."

민친 선생님이 다락방까지 올라오는 일은 거의 없었다. 그러나 지금은 몹시 화가 나서 베키를 앞세우고 계단을 올라오고 있는 것 같았다.

민친 선생님의 목소리가 들렸다.

"바른 대로 말해! 요리사들 말로는 가끔 부엌에서 무엇이 없어졌다던데, 네가 한 짓이지?"

"아니에요. 배가 고픈 적은 많았지만 훔쳐 먹진 않았어요. 정말이에요!"

베키가 울먹이며 말했다.

"이런, 거짓말쟁이! 넌 감옥에 가야 해. 음식을 만들며 슬쩍슬쩍 집어 먹었잖아. 게다가 고기 파이를 절반이나 훔쳐 먹다니!"

민친 선생님은 화가 나서 씩씩거렸다. 그 고기 파이는 민친 선생님이 밤참으로 먹기 위해 특별히 만든 것이기 때문에 더욱 화가 났다.

"제가 그런 거 아니에요. 전 손도 안 댔어요."

"거짓말! 당장 네 방으로 꺼져 버려!"

민친 선생님은 베키의 뺨을 때렸다. 그러자 베키는 층계를 올라와 자기 방으로 들어갔다.

문이 닫히고, 베키가 침대에 쓰러져 흐느껴 우는 소리가 들려왔다.

"흑흑, 난 한 개도 먹지 않았어. 실은 요리사 아저씨가 경찰에게 줬는데……."

베키가 훌쩍이며 말했다.

세라는 어두운 방에서 이를 악문 채 주먹을 꼬옥 쥐었다. 이윽고 민친 선생님이 계단을 내려가고 나자 낮게 부르짖었다.

"저 인정머리 없는 인간! 요리사는 자기가 훔쳐 놓고는 베키에게 뒤집어씌우고……. 베키는 절대로 훔치지 않아. 절대로!"

세라는 두 손으로 얼굴을 감싸고 엉엉 울기 시작했다.

어멘가드는 웬만해선 울지 않는 세라가 울음을 터뜨리자 어쩔 줄을 몰랐다. 어멘가드는 허둥지둥 초가 꽂혀 있는 탁자 쪽으로 가서 성냥을 찾아 불을 켰다. 그러고는 조심스럽고 겁에 질린 목소리로 물었다.

"세라, 넌 한 번도 그런 내색을 하지 않았지만 너도 배고플 때가 있니?"

그 순간 그런 질문을 받자 세라는 그만 눈물 범벅이 된 얼굴을 들고 격렬한 목소리로 대답했다.

"응, 그래. 그럴 때가 있어. 지금도 너무 배가 고파. 하지만 민

친 선생님에게 야단맞은 베키가 나보다 더 배가 고플 거라는 게
정말 견디기 힘들어."

어멘가드는 정말 숨이 막힐 것 같았다.

"아아, 그런데도 난 정말 조금도 눈치를 못 챘어!"

어멘가드가 안타깝게 외쳤다. 그러나 곧 손뼉을 치며 말했다.

"아, 참! 내 정신 좀 봐. 오늘 우리 고모가 상자를 하나 보냈는
데, 그 속에 고기 파이, 잼, 과자, 자두, 무화과, 그리고 초콜릿

이 잔뜩 들어 있어. 얼른 내 방에 가서 가져올게. 잠깐만 기다려. 알았지?"

"정말? 어멘가드, 옆방 베키도 부르자!"

세라의 눈이 반짝였다.

"그래, 그래!"

세라가 벽 쪽으로 다가가니 가엾은 베키가 아직도 훌쩍이는 소리가 들렸다. 세라는 벽을 다섯 번 두드렸다.

"이건 할 말이 있으니까 이쪽으로 오라는 뜻이야."

그러자 저 쪽에서 여섯 번 톡톡 치는 소리가 들렸다.

"지금 온대."

세라가 설명했다. 그러더니 얼마 안 있어 베키가 나타났다. 너무 울어서 눈이 빨개진 베키는 어멘가드를 보더니 불안한 듯 앞치마로 얼굴을 닦았다.

"베키야, 괜찮아. 어멘가드가 널 오라고 한 거야. 맛있는 과자랑 음식이 가득 들어 있는 상자를 이리 가져온대."

베키는 깜짝 놀라 눈을 크게 떴다.

"어머, 정말이에요?"

"그래, 곧 가서 가져올게."

어멘가드가 들뜬 목소리로 말했다. 급히 서두르느라 빨간 숄이 벗겨지는 줄도 몰랐다. 그러자 세라는 좋은 생각이 났다는 듯 베키를 흔들며 말했다.

"베키, 우리 빨리 식탁을 차리자. 이걸 식탁보로 쓰면 되겠다!"

세라는 낡은 탁자를 끌어내 놓고 그 위에 어멘가드가 떨어뜨린 빨간 숄을 폈다. 그러자 방 안이 갑자기 아늑해진 느낌이 들었다.

"방바닥에도 빨간 양탄자가 깔려 있다면 얼마나 좋을까! 그래, 양탄자를 깔아 놓은 셈 치지, 뭐."

세라는 아무것도 없는 마룻바닥을 바라보며 말했다. 그러자 정말 바닥에 빨간 양탄자가 깔린 것만 같았다.

"아참, 내가 옛날에 쓰던 가방에 뭔가 있는지 찾아봐야겠어."

세라는 방 구석에 놓인 가방을 열었다. 그 안에 있는 아주 낡은 봉투 속에 하얀 손수건이 열두 장이나 들어 있었다. 세라는 기쁜 마음으로 손수건들을 탁자 위에 펼쳐 놓았다.

"자, 이건 금접시야. 그리고 이건 화려하게 수놓은 냅킨이야, 알았지? 너도 그런 셈 치고 보면 그렇게 보일 거야."

그런데 세라가 고개를 돌려 보니 베키는 아주 이상한 표정을 짓고 있었다. 눈을 감은 채 주먹을 꼭 쥐고는 마치 무거운 물건을 드는 시늉을 하고 있었다.

"베키, 도대체 뭐 하는 거니?"

"아가씨, 그런 셈 치고 있었어요. 그런데 아무리 아가씨처럼 그렇게 상상하려 해도 잘 안 되네요."

베키는 부끄러운 듯이 말했다.

"처음이라 그럴 거야. 하지만 자꾸 노력하면 저절로 그렇게 된단다. 내가 방법을 가르쳐 줄게."

세라는 가방에서 꺼낸 여름 모자를 보여 주었다. 그 모자에는 손으로 만든 꽃이 달려 있었는데, 세라는 그 꽃을 떼며 말했다.

"이걸로 잔칫상을 꾸밀 거야. 베키, 비눗갑에다 물 좀 떠다 줘. 꽃병으로 쓰게."

베키는 시키는 대로 했다. 세라는 모자에서 떼어 낸 꽃을 비눗갑에 꽂았다. 세라는 뒤로 물러서서 멋진 광경을 바라보았다. 베키도 들뜬 마음으로 방 안을 둘러보며 조심스럽게 물었다.

"여기가 지금도 바스티유예요?"

"아니, 여긴 지금 파티장이야. 벽난로에서는 불이 활활 타오르고 있고, 방 여기저기에 휘황 찬란한 촛불이 켜져 있는 멋진 방이야!"

"아, 아가씨. 멋져요!"

감탄한 베키는 어쩔 줄을 몰랐다.

그때 어멘가드가 낑낑거리며 큰 바구니를 들고 들어왔다. 어멘가드는 빨간 식탁보가 깔리고, 하얀 접시가 놓이고, 꽃으로 장식한 멋진 식탁을 보고는 뛸 듯이 기뻐했다.

세라는 어멘가드에게도 금접시와 천장이 높은 파티장, 벽난로, 촛불에 관한 이야기를 해 주었다.

"세라, 정말 멋있구나!"

어멘가드는 감탄하며 상자 속에서 고기 파이, 잼, 과자, 자두, 사탕, 과일 등을 꺼냈다. 세라와 베키는 눈이 휘둥그레졌다.

"자, 이제 파티를 시작하자. 이리 오세요, 아름다운 아가씨들! 아바마마께서 먼 곳으로 여행을 떠나셔서 제가 여러분을 모시겠습니다."

세라는 아주 우아한 손짓으로 어멘가드와 베키를 식탁 앞으로 이끌었다.

"궁전 잔치에는 언제나 악사들이 노래를 하고 음악을 연주한단다. 우리도 저 구석에 악사들이 있다고 상상하자. 자, 그럼 이제 맛있는 만찬을 들자!"

그런데 그때였다. 세 사람이 케이크를 입에 넣으려는 순간, 깜짝 놀라 문 쪽에 귀를 기울였다. 누군가 층계를 올라오는 소리가 들렸다.

"앗! 민친 선생님이다!"

베키는 겁에 질려 케이크를 떨어뜨리며 말했다.

"맞아! 민친 선생님한테 들켰어."

세라도 하얗게 질린 채 어찌할 바를 몰랐다.

그때 민친 선생님이 문을 왈칵 열어젖혔다.

"이렇게 대담한 짓을 하다니! 정말 라비니아 말이 맞구나!"

민친 선생님은 베키 앞으로 성큼성큼 걸어가서는 뺨을 찰싹 때렸다.

"건방진 것! 날이 밝으면 당장 내쫓을 테니 그런 줄 알아!"

세라는 아까보다 더 하얗게 질린 얼굴로 잠자코 서 있었다.

어멘가드가 울음을 터뜨리며 애원했다.

"선생님, 제발 그 애를 내보내지 마세요. 저희 고모가 과자를 보내 주셔서 우린 그걸로 놀고 있는 중이었어요."

"그래, 세라 공주를 모시고 말이지?"

민친 선생님이 안경을 올리며 비아냥거렸다. 그러더니 세라를 향해 소리쳤다.

"이게 다 네가 꾀어 내서 한 짓이지? 어멘가드는 절대로 이런 짓을 하지 못해."

그리고 민친 선생님은 발을 구르며 베키에게 외쳤다.

"당장 네 다락으로 가지 못해!"

베키는 앞치마에 얼굴을 묻고는 어깨를 들썩이며 밖으로 뛰어나갔다.

"그리고 세라, 넌 벌을 좀 받아야겠다. 내일은 하루 종일 굶어야 해."

민친 선생님은 탁자 위에 있는 음식들을 모조리 바구니에 담으며 다그쳤다. 세라는 그런 민친 선생님을 특유의 그윽한 눈으로 바라보았다.

민친 선생님이 소리를 꽥 질렀다.

"세라, 왜 그런 눈으로 나를 쳐다보는 거지?"

"전 그냥 우리 아빠가 살아 계셔서 오늘 제가 어디 있는지 아신다면 뭐라고 하실까, 생각했어요."

세라는 슬픔에 잠긴 목소리로 말했다. 그러자 민친 선생님은 머리끝까지 화가 나 세라를 잡고 마구 흔들어 댔다.

"이런 건방진 계집애 같으니라고, 뭐가 어째?"

민친 선생님은 화가 나서 더 이상 말을 잇지 못한 채 음식 바구니를 어멘가드의 품에 안겨 주곤 어멘가드를 문 쪽으로 떠밀었다.

"그럼 혼자 실컷 생각해 보시지."

민친 선생님은 벌벌 떠는 어멘가드를 데리고 나가 버렸다.

그러자 모든 게 끝이었다. 식탁보도 금접시도 악사도 촛불도 다 사라졌다. 다만 에밀리만 벽에 기댄 채 앉아 있을 뿐이었다. 세라는 떨리는 손으로 에밀리를 와락 끌어안았다.

"에밀리, 이제 잔치도 공주도 다 사라졌어. 남은 것은 바스티유의 죄수들뿐이야."

세라는 이렇게 말하곤 두 손으로 얼굴을 가렸다.

그날 밤, 세라는 누가 업어 가도 모를 만큼 깊이 잠들었다가 무슨 소리에 놀라 잠이 깨었다.

세라는 처음에는 눈이 잘 떠지지 않았다. 너무 졸린데다가 따뜻하고 달콤한 꿈을 꾸고 있는 듯한 기분이 들었기 때문이다.

"정말 좋은 꿈이었어. 아! 따뜻해. 눈을 뜨고 싶지 않아."

세라는 중얼거렸다. 하지만 마지못해 눈을 뜬 세라는 깜짝 놀랐다. 꿈이 아니고서는 절대로 이 방에서 일어날 수 없는 일들이 눈 앞에 벌어졌기 때문이다.

난로에는 따스한 불이 활활 타고 있고, 조그만 놋쇠 주전자에서는 물이 팔팔 끓고 있으며, 마룻바닥에는 푹신한 빨간 양탄자가 깔려 있고, 난로 앞에는 흰 탁자보를 씌운 식탁 위에 작은 접시와 찻잔이 놓여 있었다.

또 침대 위에는 따뜻한 이불이 덮여 있고, 발 밑에는 비단 잠옷과 슬리퍼, 그리고 책이 몇 권 놓여 있었다. 벽 한쪽에는 장밋빛 갓을 씌운 등이 방 안을 환하게 밝히고 있었다.

"아, 이런 꿈은 정말 처음이야. 사라지지 않고 언제까지나 남아 있었으면……."

세라는 이렇게 중얼거리며 천천히 일어났다. 그러고는 자기도

모르게 따뜻한 난로에 손을 내밀었다. 그런데 손이 델 것처럼 뜨거웠다.

"이상하다? 꿈속의 불이라면 뜨겁지 않을 텐데?"

세라는 소스라치게 놀라며 식탁과 접시, 양탄자도 만져 보고 부드러운 잠옷을 볼에 갖다 대 보기도 했다.

"모두가 진짜야! 내가 꿈을 꾸는 게 아니야!"

세라는 이렇게 외치며 탁자 위에 얹어 놓은 책을 펼쳐 보았다. 그 맨 첫 장에 이런 글이 적혀 있었다.

다락방 소녀에게!
-어떤 친구로부터-

이 글을 읽은 세라의 눈에서는 눈물이 하염없이 흘러내렸다.

"아, 누군지는 모르지만, 나를 좋아하는 사람이 있어. 나를 생각해 주는 친구가 있다고!"

세라는 기쁨에 들떠 촛불을 들고 베키의 방으로 갔다.

"베키, 베키! 어서 일어나!"

부스스 눈을 뜬 베키는 세라를 보곤 눈이 휘둥그레졌다. 촛불을 들고 서 있는 건 분명히 세라인데, 빨간색 비단 잠옷을 걸치고 공주처럼 자기 앞에 서 있었기 때문이다.

"베키, 어서 이리 와 봐! 어서!"

베키는 놀란 나머지 눈을 동그랗게 뜨고 입을 벌린 채 세라를 따라갔다. 하지만 방으로 들어서자 달라진 방 안을 둘러본 베키는 쓰러질 것처럼 놀랐다.

"아가씨, 어떻게 이런 일이……?"

베키는 더 이상 아무 말도 못 하고 눈만 껌뻑거렸다.

"자, 봐! 모두 진짜야! 우리가 자는 동안 어떤 마술사가 이 방에 들어와서 모든 걸 진짜로 만들어 놓은 거야! 우리가 상상했던 모든 것을 다!"

세라가 소리쳤다.

한밤중에 찾아온 손님

그날 밤, 두 소녀는 오랜만에 따뜻하고 배부르고 행복했다.

세라는 그동안 늘 무엇인가를 상상하며 살아왔기 때문에 이 모든 걸 자연스럽게 받아들였다.

"대체 이런 고마운 사람이 누군지는 모르지만 어딘가 분명히 있을 거야. 베키, 내게 친구가 생긴 거야. 친구가!"

"아가씨, 혹시 이 모든 게 사라져 버리면 어떡하죠?"

베키는 조심스럽게 물었다.

"아니야, 절대 사라지지 않아. 내가 지금 이 과자를 먹고 있고 달콤한 맛도 느끼고 있는걸!"

세라는 이렇게 말하며 몰라보게 변한 침대를 바라보았다. 침대 위에는 담요가 베키와 나눠 가지고도 남을 만큼 많이 놓여 있었다. 베키는 자기 방으로 돌아가면서 다시 한 번 방 안을 둘러보았다.

"아가씨, 내일 아침 이 모든 게 몽땅 없어진다 해도 오늘 일을 결코 잊지 않을 거예요. 결코!"

다음 날 아침이 되자, 학생들과 부엌 하인들 사이에는 어느새 어제 세라가 민친 선생님한테 혼쭐이 난 일이며, 어멘가드가 벌을 받은 것과 베키가 민친 여학교에서 쫓겨날 뻔했다는 등 온갖 이야기들이 오고갔다.

그날 아침, 세라가 부엌에 들어가자 요리사와 하녀들은 세라를 곁눈질로 힐끗 훔쳐보았다.

민친 선생님은 세라가 어제 하루 종일 굶은데다가 밤에 그렇게 혼쭐이 났으니 아침에는 아주 핼쑥한 모습으로 나타날 게 틀림없다고 생각했다. 그런데 프랑스어 수업을 도와주기 위해 교실로 들어서는 세라의 얼굴은 그 어느 때보다 화사했으며, 입가에는 웃음을 가득 머금고 있었다.

민친 선생님은 너무 놀라 벌어진 입을 다물지 못했다.

'쟤는 도대체 어떻게 된 아이일까?'

민친 선생님이 세라를 불렀다.

"너는 그렇게 못된 짓을 저지르고도 조금도 뉘우치는 기색이 없구나. 너는 도대체 부끄러워할 줄도 모르니?"

하지만 그 어떤 아이라도 배불리 먹고 따뜻하고 부드러운 이불 속에서 단잠을 자고 나면, 아무리 슬픈 체하려 해도 슬퍼할 수가 없는 법이다. 세라는 여전히 기쁨이 담뿍 어린 눈으로 민친 선생님에게 말했다.

"선생님, 죄송해요. 저도 벌받고 있는 중이라는 거 잘 알고 있어요."

"그런데도 마치 무슨 좋은 일이라도 생긴 것처럼 싱글벙글하고 있단 말이지? 흥, 오늘 하루 종일 굶어야 한다는 것도 알고 있겠지?"

"네."

세라는 대답을 하면서도 어젯밤에 벌어졌던 일들이 떠올라 가슴이 두근거렸다.

'그래, 이 세상 어딘가에 나를 생각해 주는 사람이 있다는 건 분명한 사실이야. 앞으로 또 무슨 일이 일어나더라도 난 이제 조금도 외롭거나 쓸쓸하지 않아.'

세라는 하루 종일 이런 생각을 하며 지냈다.

어제보다 날씨도 더 나쁘고, 심부름할 일도 더 많았다. 요리사까지 세라가 벌받고 있다는 사실을 알고는 더욱 못되게 굴었다. 하지만 세라는 그런 것쯤은 아랑곳하지 않았다. 하지만 막상 밤 10시가 지나도록 교실에서 공부를 한 다음에 마지막 층계를 올라 다락방 앞에 서자 가슴이 두근거렸다.

'어쩌면 모든 게 다 사라졌을지도 몰라. 그건 어젯밤 내가 너무 비참한 걸 보고 누가 하룻밤 빌려 줬을지도 모르잖아.'

세라는 그렇게 생각하며 조심조심 문을 열었다. 그런데 세라의 걱정은 쓸데없는 것이었다. 마술은 여전히 계속 되고 있었다. 벽난로에는 어젯밤보다 더 따뜻한 불꽃이 활활 타고 있고, 탁자에는 저녁상이 차려져 있었다. 이번에는 세라뿐 아니라 베키의 컵과 접시도 놓여 있었다. 그리고 방 안에는 새로운 것이 많이 눈에 띄었다. 선반에는 두껍고 예쁘게 수를 놓은 덮개가 깔려 있고, 그 위에 여러 가지 장식품이 놓여 있었다. 또 벽에는 화려하고 특이한 장식품들이 걸려 있었으며, 양탄자로 덮은 헌 궤짝 위에는 쿠션이 놓여 있어 마치 긴 안락 의자처럼 보였다.

세라는 몇 번이나 방 안을 두리번거렸다.

"늘 동화 같은 일이 실제 일어나기를 바라곤 했는데, 정말 이런 일이 일어나다니! 내가 마치 동화 속에 살고 있는 기분이야."

세라는 벽을 두드려 옆방 죄수인 베키를 불렀다. 베키는 들어
오자마자 깜짝 놀라 그 자리에 풀썩 주저앉았다.

"아가씨, 이 모든 게 어디서 오는 걸까요? 누가 이런 일을 하
는 걸까요?"

"우리, 그런 것은 알려고 하지 말자. 고맙다는 인사를 하고 싶
지만 모르는 편이 나아. 아름다운 꿈을 오래오래 간직할 수 있
으니까."

세라가 말했다.

그때부터 세라의 생활은 점점 더 아름다워졌다. 세라가 밤에
돌아와서 방문을 열 때마다 새로운 물건들이 눈에 띄었다. 그리
하여 초라한 다락방은 어느새 예쁜 물건들로 가득 찬 호화로운
방이 되었다. 책이 가득 꽂힌 책장이며, 세라를 즐겁게 해 줄 물
건들이 골고루 갖춰져, 더 이상 바랄 게 없을 정도였다. 세라가
저녁에 먹다 남은 것을 탁자 위에 두고 나갔다 오면 다시 맛있는
식사가 차려져 있었다.

민친 선생님은 여전히 세라를 구박하고 하녀들도 상스럽고 무
례하게 굴었지만, 신기한 동화 속에 살고 있는 세라에겐 그런
것쯤은 아무렇지도 않았다.

"세라가 요즘 이상하단 말이야. 전에는 굶주린 까마귀 같더니

살이 통통히 올랐어."

아멜리아는 이상하다는 듯 혼자 중얼거렸다.

"굶주리다니! 날마다 배불리 먹이는데, 그게 무슨 소리야?"

민친 선생님이 화를 버럭 냈다.

"그, 그야 그렇지만……."

아멜리아가 얼른 얼버무렸다.

"하긴, 그 아이는 좀 특별해. 다른 애 같았으면 완전히 기가 죽었을 텐데, 마치 공주나 된 것처럼 여전히 아니, 전보다 더 도도하게 군단 말이야."

"언젠가 교실에서 자기가 정말 공주라면 어떻게 하겠느냐고 언니에게 대든 적도 있잖아?"

"그런 말도 안 되는 소리 집어치워!"

민친 선생님은 기분 나쁘다는 듯 소리를 질렀다.

그런데 세라는 물론, 베키도 살이 올라 전보다 통통해졌다. 이제 바스티유 감옥의 죄수 얘기는 사라졌다. 두 소녀는 갖가지 아름다운 물건에 둘러싸여 행복한 나날을 보냈다.

그런데 또다시 놀라운 일이 벌어졌다. 어떤 사람이 소포를 몇 개 보냈는데, 포장지에 큰 글씨로 '오른쪽 다락방에 사는 소녀에게'라고 씌어 있었다.

그때 민친 선생님이 층계를 내려오다가 쌀쌀맞게 물었다.

"누구한테 온 소포냐?"

"저도 모르겠어요. 하지만 제게 온 게 분명해요. 베키는 왼쪽 다락방에 사니까요."

"뭐라고? 무엇이 들었는지 어서 풀어 봐."

민친 선생님은 깜짝 놀라 말했다.

세라는 조심조심 소포를 풀었다. 그 안에는 여러 가지 예쁜 옷과 신발, 양말, 장갑, 따뜻하게 생긴 외투와 모자 등이 들어 있었다. 그 물건들은 한결같이 값진 고급품들이었다. 그리고 외투 주머니에는 종이 쪽지 한 장이 붙어 있었다.

이건 보통 때 입는 옷입니다. 나들이 옷이나 다른 필요한 것이 있으면 또 보내드리겠습니다.

민친 선생님의 눈에는 이 모든 게 다 수상쩍었다. 어떤 돈 많은 친척이 멀리서 세라의 뒤를 보살피고 있는지도 모른다는 생각이 들었던 것이다.

민친 선생님은 세라의 아버지 크루 대령이 돌아가신 뒤 처음으로 부드럽게 말했다.

"누군지 모르지만 무척 친절한 분이 보내 준 모양이구나. 어서 이 새 옷으로 갈아입어라. 그리고 오늘은 심부름 그만 하고 교실에 내려와 수업을 받도록 해라."

얼마 뒤, 세라가 새 옷을 입고 교실에 들어서자 아이들은 깜짝 놀라 눈이 휘둥그레졌다.

"어머나, 세라 공주님 좀 봐!"

제시가 라비니아의 옆구리를 쿡 찌르며 말했다.

세라는 정말 공주 같았다. 아버지가 돌아가시고 난 뒤 이렇게 예쁘게 차려입은 건 처음이었다.

"흥, 누가 큰 재산을 남겨 준 모양이지? 난 저 애한테 이런 일이 생길 줄 알았어."

제시가 또다시 소곤거렸다.

"아마 다이아몬드 광산이 잘된 모양이야. 그렇다고 그렇게 부러운 눈으로 쳐다볼 게 뭐 있니?"

라비니아가 입을 삐죽였다.

그날 밤, 세라는 다락방에 돌아와 베키와 함께 식사를 마치고 난로 앞에 앉아서 말했다.

"베키, 나는 지금 그 친구에 대한 생각을 떨쳐 버릴 수가 없어. 내가 그 사람 덕분에 얼마나 행복해졌는지를 알리고 싶어. 무슨 좋은 수가 없을까?"

그 순간 세라는 탁자 위에 있는 종이와 봉투, 펜과 잉크를 발견했다.

"아, 그래. 그 사람에게 편지를 써서 탁자에 놓으면 되지. 그러면 남은 음식을 치우러 오는 사람이 그것도 가져갈 거야."

세라는 당장 편지를 쓰기 시작했다.

자신이 누군지 밝히고 싶지 않은 분께!

제가 이런 편지를 드리는 게 혹시 실례가 아닌지요? 저는 다만 제게 이토록 친절하게 해 주시고 동화 같은 일을 베풀어 주신 분께 감사를 드리고 싶을 뿐입니다. 정말 고맙습니다.

베키와 저는 아주 행복하답니다. 저희 둘은 지금까지 춥고 외롭고 배고프게 지냈는데, 이제는 행복한 나날을 보내고 있습니다. 고맙습니다. 정말 고맙습니다.

-다락방 소녀가-

다음 날 아침 세라는 편지를 탁자 위에 놓고 나갔는데, 저녁에 돌아와 보니 남은 음식과 함께 편지도 없어졌다.

그날 밤, 세라는 잠을 자기 전에 베키에게 새로 온 책들 가운데 하나를 읽어 주었다. 그때 지붕 위에서 무슨 소리가 들려왔다. 세라는 자리에서 일어나 창문 쪽으로 갔다. 밖에서 뭔가를 긁어 대는 나직한 소리였다. 그제야 세라는 지난번 다락방에 들어왔던 원숭이를 떠올리며 웃음을 지었다.

세라는 의자를 갖다 놓고 지붕의 창문을 열어 가만히 밖을 내다보았다. 예상했던 것처럼 창문 바로 옆에 원숭이가 웅크리고 있었다.

"정말 그 원숭이야. 이 다락방 불빛을 보고 왔나 봐."

"아가씨, 그 원숭이를 들어오게 할 거예요?"

"그럼, 원숭이가 다니기엔 날씨가 너무 추워."

세라는 원숭이에게 참새나 멜키세덱에게 하듯 부드러운 목소리로 말했다.

"원숭아, 이리 와. 해치지 않을게."

그러자 원숭이는 세라의 말을 알아들었다는 듯이 얼른 팔에 안겨들었다.

"어서 와, 귀여운 원숭이야!"

세라는 원숭이의 얼굴에 뺨을 갖다 대며 속삭였다.

"아가씨, 이 원숭이를 어떻게 하실 거예요?"

"오늘은 이 방에서 재우고, 내일 인도 신사 댁에 데려다 줘야겠어."

세라는 자기 침대 밑에다 원숭이의 잠자리를 만들어 주었다. 원숭이는 마치 아기처럼 곤히 잠이 들었다.

바로 이 아이다!

이튿날 오후, '대가족'의 아이들은 캘리스퍼드 씨의 초대를 받아 그의 서재에서 놀고 있었다. 캘리스퍼드 씨는 요즈음 더욱 긴장한 채 무엇인가를 기다리고 있었다. 바로 친구의 딸을 찾아 모스크바로 간 카마이클 씨를 기다리는 것이었다.

캘리스퍼드 씨는 안락의자에 앉아 있었고, 자네트가 안락의자 앞 양탄자 위에 앉아 있었다. 노라는 방바닥에 앉아 있고, 도널드는 호랑이 가죽을 씌워 놓은 소파에 걸터앉아 신나게 구르고 있었다.

"아저씨, 저희가 너무 소란스럽게 굴죠?"

"아니다. 떠들어도 괜찮다. 오히려 내가 너무 깊은 생각에 빠져들지 않도록 도와주고 있단다."

캘리스퍼드 씨가 자네트의 등을 두드리면서 말했다.

"아저씨, 조금 있으면 아빠가 돌아오실 거예요. 그러면 이제 곧 그 아이도 찾게 되겠지요. 저희도 그 아이를 만날 날을 손꼽아 기다리고 있어요. 벌써 이름도 '소공녀'라고 지었는걸요."

"왜 그렇게 지었지?"

자네트의 말에 캘리스퍼드 씨가 빙긋이 웃으며 물었다.

"그 아이를 찾아 내기만 하면, 동화 속의 작은 공주처럼 부자가 될 테니까요."

그때 현관 앞에서 마차 멈추는 소리가 들려왔다.

"야! 아빠다, 아빠야!"

세 아이는 쏜살같이 현관으로 뛰어나갔다. 그리고 팔짝팔짝 뛰며 아빠에게 달려들어 입을 맞추었다. 캘리스퍼드 씨도 자리에서 일어나려 했으나, 기운이 없어 다시 의자에 털썩 주저앉고 말았다.

카마이클 씨가 곧 집 안으로 들어왔다.

"얘들아, 너희들은 이야기가 끝날 때까지 저쪽에서 람 다스랑 놀고 있으렴."

카마이클 씨는 아이들을 내보낸 뒤 캘리스퍼드 씨가 있는 서

재로 들어섰다.

"그래, 어떻게 되었나? 그 러시아 사람들이 입양해 갔다던 그 아이는?"

"그 애는 우리가 찾던 아이가 아니었네. 크루 대령 딸보다 훨씬 어리고, 이름도 에밀리 크루였어. 그 아이를 직접 만나도 보고, 양부모에게 모든 걸 다 듣고 오는 길일세."

그 말을 들은 캘리스퍼드 씨는 더욱 지치고 슬퍼 보였다.

카마이클 씨도 캘리스퍼드 씨가 잔뜩 실망하는 걸 보자 마음이 아팠다.

카마이클 씨는 방 안을 왔다 갔다 하다가 입을 열었다.

"그동안 파리에 있는 학교는 모조리 다 찾아보았는데도 허탕만 쳤으니, 이제 런던에 있는 학교들을 뒤져 봐야겠네."

"그렇다면 바로 이 옆에도 학교가 있잖나?"

캘리스퍼드 씨가 솔깃해서 말했다.

"그럼, 그 학교부터 찾아봐야겠군."

바로 그때 람 다스가 들어와 잔뜩 흥분한 목소리로 말했다.

"주인님, 주인님께서 늘 가엾게 여기시던 그 애가 왔어요. 원숭이가 다락방으로 도망간 모양인데, 지금 원숭이를 돌려주려고 왔어요. 그 아이를 만나 보시면 어떨까 하고요."

"그 애가 누구지?"

카마이클 씨가 물었다.

"글쎄, 나도 잘 모르지만 바로 옆 학교에서 하녀로 일하는 아이일세."

캘리스퍼드 씨는 대답했다. 그러고는 손짓으로 람 다스를 불렀다.

"좋아, 그 애를 만나 보고 싶으니 데려오게."

카마이클 씨가 여전히 궁금한 표정을 짓자 캘리스퍼드 씨가 말했다.

"자네가 러시아에 가 있는 동안, 람 다스가 그 애의 불쌍한 처지를 말해 주길래 좀 도와주려고 아주 멋진 일을 꾸몄지."

그때 세라가 원숭이를 가슴에 안고 들어왔다. 원숭이는 세라의 품에 매달려 뭐라고 떠들어 댔다.

세라는 상냥한 목소리로 말했다.

"아저씨 원숭이가 어젯밤 제 다락방 창문 밑으로 왔어요. 밖이 너무 추워서 들어오게 했답니다. 그런데 밤이 너무 늦어서 데려오지 못했어요. 아저씨가 편찮으신데 소란을 피우면 안 될 것 같아서요."

캘리스퍼드 씨는 그윽한 눈으로 세라를 찬찬히 바라보았다.

"마음씨가 참 고운 아이구나."

"저 인도 하인에게 원숭이를 돌려드릴까요?"

세라가 람 다스를 바라보며 물었다.

"그 사람이 인도 사람이라는 걸 어떻게 알았니?"

캘리스퍼드 씨가 빙그레 웃으며 물었다.

"네, 전에 인도 하인들을 많이 봤거든요. 사실은 저도 인도에서 태어났어요."

세라는 안 떨어지려는 원숭이를 람 다스에게 넘겨 주며 말했다. 그러자 캘리스퍼드 씨는 갑자기 얼굴빛이 확 달라지더니 벌떡 일어났다 앉으며 물었다.

"뭐? 인도에서 태어났다고? 이리 좀 더 가까이 오너라!"

캘리스퍼드 씨가 손을 내밀었다.

세라는 가까이 다가가서 초록빛 눈으로 캘리스퍼드 씨의 얼굴을 마주 바라보았다.

"얘야, 네가 옆집에 산다고?"

"네, 민친 여학교에 살아요."

"그러나 학생은 아니지?"

세라는 잠시 머뭇거리다가 말했다.

"글쎄요, 잘 모르겠어요."

"잘 모르다니?"

"처음에는 특별 기숙생이었는데, 지금은……."

"오라, 전에는 학생이었구나. 그런데 지금은 뭐지?"

세라는 슬픈 표정을 지으며 대답했다.

"지금은 다락방에서 잠을 자고, 요리사의 심부름을 하고, 하급생들 프랑스어도 가르치고, 뭐든지 시키는 대로 해요."

"카마이클, 나 대신 자네가 이 아이한테 질문 좀 해 보게. 난 도무지……."

캘리스퍼드 씨는 기운이 빠진 듯 의자에 등을 기대며 말했다. '대가족'의 아버지는 딸이 있어서 여자아이들을 다루는 데 꽤 능숙했다.

카마이클 씨는 부드러운 목소리로 물었다.

"그래, 처음에는 어떻게 그 학교를 다니게 되었지?"

"아빠가 데려다 주셨어요."

"아빠는 지금 어디 계시는데?"

"돌아가셨어요."

세라는 짧게 대답했다. 그리고 나서 나지막이 말했다.

"아빠가 파산하는 바람에 재산을 한 푼도 물려 주지 못하셨어요. 엄마도 돌아가시고, 저를 돌봐 줄 친척도 없고, 학비를 내줄 사람도 없었어요."

"아, 그래서 다락방으로 옮겨 가고 하녀 일을 하게 되었구나. 그렇게 된 거지?"

카마이클 씨가 다시 물었다.

"자, 잠깐만, 카마이클 씨!"

그때 캘리스퍼드 씨가 흥분해서 외쳤다. 그리고 숨을 몰아쉬며 세라에게 물었다.

"얘야, 아빠는 왜 파산하셨지?"

"아빠 잘못이 아니었어요. 학창 시절 친구가 한 분 계셨는데, 그분에게 사업 자금을 대 주셨다가 일이 잘못되어서 그렇게 된 거예요. 그 친구도 어디론가 도망가고, 아빤 혼자 고통스러워하다가 그만 병이 들어 돌아가셨어요."

캘리스퍼드 씨는 숨을 점점 거칠게 몰아쉬며 물었다.

"아빠 성함이 어떻게 되시지?"

"랠프 크루, 크루 대령이셨어요. 인도에서 돌아가셨어요."

캘리스퍼드 씨의 수척한 얼굴이 그만 괴로움으로 일그러졌다. 람 다스가 걱정이 되어 주인 곁으로 급히 달려왔다.

"카마이클, 바로 이 아이일세!"

캘리스퍼드 씨가 가쁜 숨을 몰아쉬며 외쳤다.

세라는 캘리스퍼드 씨가 흥분해서 정신을 잃지 않을까 걱정이
되었다. 람 다스가 약병을 가져다가 캘리스퍼드 씨의 입에 약을
넣는 동안 세라는 겁이 나서 어찌할 바를 몰랐다.

"제, 제가, 그 애라니요?"

세라가 더듬거리며 물었다.

"얘야, 놀라지 마라! 이분이 바로 네 아빠의 친구분이시란다.
우린 지난 2년 동안 너를 찾아다녔다."

세라는 쓰러질 듯 휘청거리며 이마를 짚었다. 충격을 받은 세
라의 입술이 파르르 떨렸다.

"아아, 나는 그동안 민친 여학교에 있었는데…….. 벽 하나를
사이에 두고 담 너머에 있으면서 전혀 모르고 있었다니…….."

세라는 흐느끼듯 중얼거렸다.

되찾은 행복

몸이 허약한 캘리스퍼드 씨는 갑작스런 충격에 너무 놀라 한
동안 기운을 차리지 못했다. 하지만 카마이클 씨가 세라를 다른
방으로 보내려 하자 캘리스퍼드 씨가 펄쩍 뛰며 말했다.

"저 아이를 잠시도 내 옆에서 떨어지지 않게 해 주게!"

"아저씨, 제가 세라를 돌볼게요. 엄마도 금방 오실 거예요."

자네트가 이렇게 말하며 세라를 옆방으로 데리고 갔다.

"너를 찾아서 얼마나 기쁜지 모르겠어."

자네트도 기뻐서 어쩔 줄을 몰랐다. 그러자 도널드는 두 손을
호주머니에 넣은 채 자기가 큰 잘못이라도 저지른 듯 말했다.

"내가 지난번에 거리에서 누나에게 6펜스를 주었을 때 이름을

물어봤더라면 세라 크루라고 말했을 거고, 그러면 금방 찾을 수 있었을 텐데…….”

그때 카마이클 부인이 들어왔다.

“오, 바로 너였구나! 세상에 어쩌면…….”

부인은 세라를 얼싸안고 입을 맞췄다.

하지만 세라는 오직 한 가지 생각뿐이었다.

“저 사람이 바로 아빠를 속인 나쁜 친구예요? 그런가요?”

카마이클 부인은 눈물을 흘리며 세라에게 말했다.

“저분은 나쁜 사람이 아니란다. 네 아빠의 돈을 다 잃게 되는 줄 알고 제정신이 아닐 정도로 슬픔에 빠져 병이 나셨대. 뇌염에 걸려 죽을 지경에까지 이르렀다가 너희 아빠가 돌아가신 뒤에야 겨우 병이 나으셨단다.”

“그런데 저분은 제가 이렇게 가까이 있는데도 모르셨어요. 이렇게 가까운 데 있었는데…….”

“그렇단다. 네가 프랑스에 있는 줄 알고 계속 엉뚱한 곳만 찾아다녔어. 네가 그렇게 쓸쓸하고 초라한 모습으로 이 집 앞을 지나다녔는데도 친구의 딸이라고는 꿈에도 생각지 못했지. 다만, 가엾은 아이라고만 생각하고 람 다스를 시켜 다락방을 편안하게 꾸며 주라고 하셨대.”

"그게 모두 저분이 시켜서 람 다스가 꾸민 일이라고요?"

세라의 눈이 휘둥그레졌다.

"그래, 그렇단다. 캘리스퍼드 씨는 정말 좋은 분이란다. 곳곳을 아무리 찾아보아도 나타나지 않는 세라를 생각해서 그렇게 한 거야."

그때, 서재 문이 열리더니 카마이클 씨가 세라에게 들어오라고 손짓했다.

"캘리스퍼드 씨가 벌써 좋아지셨단다. 너하고 얘기하고 싶어 하시는구나."

세라는 얼른 달려갔다. 그러고는 가슴에 두 손을 모으고 캘리스퍼드 씨가 앉아 있는 의자 앞으로 다가갔다.

"아저씨가 그 물건들을 저에게 보내 주셨다고요? 그 예쁜 물건들을요?"

"그렇단다."

이렇게 말하는 캘리스퍼드 씨는 오랫동안 병으로 앓아 누워 있었기 때문에 수척했으나, 세라를 바라보는 눈은 기쁨으로 빛나 보였다.

"그럼, 제 마음의 친구가 바로 아저씨였군요. 아저씨가 바로 그분이었어요!"

세라는 캘리스퍼드 씨의 앙상한 손에 몇 번이고 입을 맞추었다. 캘리스퍼드 씨의 얼굴에는 차츰 생기가 돌았다.

애타게 찾던 친구의 딸 '작은 아씨'를 찾게 되자 여러 가지 할 일이 많았다. 제일 먼저 카마이클 씨를 보내 민친 선생님에게 세라의 운명이 달라졌음을 알려야겠다고 생각했다.

하지만 카마이클 씨가 가기도 전에 민친 선생님이 먼저 찾아왔다. 세라가 외투 속에 뭔가를 숨기고 옆집으로 가는 걸 보았다는 말을 들었던 것이다.

"도대체 무엇 때문에 갔지?"

민친 선생님은 아멜리아에게 소리를 쳤다.

"글쎄? 그분이 인도에서 살다 왔다니까, 혹시 서로 친해졌는지도 모르지."

아멜리아가 말했다.

"하긴 그 사람한테 무슨 동정이라도 받으려고 갔겠지. 그런 무례한 짓을 저지르다니, 내가 가서 사과를 하고 와야겠어."

세라와 캘리스퍼드 씨가 앞으로 해야 할 일에 대해 이런저런 이야기를 하고 있을 때, 람 다스가 민친 선생님이 찾아왔다고 알려 주었다.

세라는 얼굴이 새파래지면서 자기도 모르게 벌떡 일어났다.

민친 선생님은 잔뜩 위엄을 부리며 들어왔다.

"갑자기 찾아와 죄송합니다. 저는 옆집의 여학교 교장인 민친입니다. 캘리스퍼드 씨에게 사과드릴 일이 있어서 이렇게 찾아왔습니다."

캘리스퍼드 씨는 한동안 말없이 민친 선생님을 바라보다가 입을 열었다.

"아, 그래요? 당신이 바로 민친 선생님이시군요. 그렇다면 아주 적당한 때 잘 오셨습니다. 제 변호사인 카마이클 씨가 선생님을 찾아뵈려던 참이었습니다."

캘리스퍼드 씨의 말이 끝나자, 카마이클 씨가 목례를 했다.

민친 선생님은 어리둥절한 표정으로 두 사람을 번갈아 쳐다보았다.

"변호사라고요? 저는 저희 학교 무료 기숙생 하나가 무례하게도 이 댁에 찾아왔다는 이야기를 듣고 사과하러 온 것입니다."

민친 선생님은 정중히 말하더니 세라를 향해 호통을 쳤다.

"넌 빨리 학교로 돌아가! 단단히 혼날 줄 알아!"

캘리스퍼드 씨는 세라를 자기 옆으로 끌어당기며 말했다.

"세라는 돌아가지 않을 겁니다."

민친 선생님은 놀라서 정신이 나간 듯 멍하니 그 자리에 서 있었다.

"돌아가지 않다니요?"

"그렇습니다. 이제부터 여기가 세라의 집입니다."

"뭐라고요? 그게 무슨 뜻이죠?"

민친 선생님은 놀라서 한 발 뒤로 물러났다.

"카마이클, 되도록 빨리 설명을 해서 돌려보내게!"

캘리스퍼드 씨는 이렇게 말하고는 옆에 있는 세라의 두 손을 꼬옥 감쌌다.

카마이클 씨는 아주 침착하고 조용한 목소리로 모든 걸 차근차근 설명해 주었다.

"민친 선생님, 캘리스퍼드 씨는 돌아가신 크루 대령의 친구입니다. 크루 대령과 함께 사업을 했지요. 그리고 다 없어진 줄 알았던 크루 대령의 재산을 되찾아서 지금 캘리스퍼드 씨가 관리하고 있습니다. 이젠 모두 세라의 재산이 되는 거죠. 그동안 재산이 굉장히 불어났습니다. 다이아몬드 광산이 예상보다 잘되기 때문이지요!"

"다이아몬드 광산이라고요?"

민친 선생님이 숨을 몰아쉬었다.

"그렇습니다. 그 광산이 잘되어 세라는 이제 큰 부자가 될 것

입니다. 캘리스퍼드 씨는 거의 2년 동안 세라를
찾으려고 애써 왔는데 드디어 만난 것입니다."

그리고 카마이클 씨는 앞으로 캘리스퍼드 씨가
세라의 보호자 노릇을 할 거라는 사실을 분명하
게 말했다.

그러자 민친 선생님은 너무 당황한 나머지 어떻게든지 자기가
잃어버린 걸 되찾으려고 몸이 달았다.

"저는 그동안 이 아이를 돌봐 주었습니다. 제가 아니었으면 이
아이는 벌써 길거리에서 굶어 죽었을 거라고요!"

그러자 캘리스퍼드 씨는 몹시 화가 나서 소리를 쳤다.

"거리에서 굶어 죽는 게 차라리 댁의 다락방에서 굶어 죽는 것보다 더 나았을 것입니다!"

그러자 민친 선생님도 지지 않고 말했다.

"크루 대령이 이 아이를 저에게 맡겼습니다. 그러니까 이 애가 성년이 될 때까지는 우리 학교에 있어야 해요. 다시 특별 기숙생으로 두겠어요. 아마 법도 제 편일 것입니다."

그러자 보다 못한 카마이클 씨가 나섰다.

"민친 선생님! 법은 이런 일엔 전혀 상관 없습니다. 혹시 세라가 그 학교로 돌아가겠다면 캘리스퍼드 씨도 말리지 않겠지만 말입니다. 아무튼 그것은 세라의 결정에 달렸지요."

그러자 민친 선생님이 약간 겸연쩍어하며 말했다.

"세라야, 어떻게 할래? 아빠는 네가 우리 학교에서 훌륭하게 자라기를 바라셨어. 나는 너 때문에 언제나 애를 써 왔어. 그건 너도 잘 알지?"

세라는 한동안 민친 선생님이 싫어하는 그 조용하고 그윽한 눈빛으로 민친 선생님을 바라보았다. 그러고는 민친 선생님이 이젠 자기를 돌봐 줄 사람이 아무도 없고, 거리로 내쫓길 처지가 되었다고 말하던 때와 다락방에서 에밀리와 멜키세덕을 친구삼아 지낸 춥고 배고프던 때를 떠올렸다.

세라는 한 걸음 앞으로 다가가 민친 선생님의 얼굴을 똑바로 쳐다보며 말했다.

"선생님, 선생님은 제가 돌아가지 않으려는 까닭을 누구보다 더 잘 아실 텐데요?"

화가 난 민친 선생님의 얼굴이 더욱더 붉어졌다.

"뭐라고? 넌 이제 친구들을 다시는 못 보게 될 거야. 로티나 어멘가드를 절대로 못 만나게 할 테니까."

그러자 카마이클 씨가 입을 열었다.

"선생님, 죄송하지만 세라가 원하는 친구는 누구나 다 보게 될 것입니다. 물론 세라 양 친구들의 부모님은 후견인 댁에서 보내는 초대장을 거부하지 않으실 테고요."

그러자 민친 선생님은 금세 풀이 죽었다. 학부형들은 당연히 자기 딸이 다이아몬드 광산의 상속녀와 친하게 지내는 것을 좋아할 것이기 때문이다.

"남의 집 자녀를 맡아서 가르친다는 건 보통 일이 아닙니다. 이제 곧 아시겠지만 이 애는 거짓말도 잘 하고 남의 은혜도 모르는 아이예요."

민친 선생님이 방을 나서며 캘리스퍼드 씨에게 말했다. 그러고는 세라를 보며 빈정대듯 말했다.

"이제 다시 공주가 된 것 같겠구나."

"지금까지 저는 아무리 춥고 배고픈 날에도 그렇게 행동하려고 노력한걸요."

세라는 조용히 대답했다.

그날 밤, 학생들이 잠자리에 들기 전 벽난로 앞에 모여 앉아 있을 때, 어멘가드가 편지 한 장을 들고 들어왔다. 어멘가드는 기쁨으로 들뜨고 너무 놀란 나머지 흥분이 채 가시지 않은 듯한 표정을 짓고 있었다.

"세라한테서 방금 편지가 왔어! 옆집 인도 신사 집에 있대!"

제시가 큰 소리로 물었다.

"왜 거기 가 있니? 민친 선생님도 아셔? 그런데 왜 편지를 보낸 건데? 빨리 말해 봐!"

어멘가드는 세라에게 일어난, 이처럼 큰 일을 알리는 게 자랑스러운 듯 천천히 또박또박 대답했다.

"다이아몬드 광산이 정말 있었대. 그게 전부 사실이었대!"

아이들은 너무 놀란 나머지 저절로 입이 딱 벌어졌다.

"옆집 인도 신사 캘리스퍼드 씨가 바로 크루 대령의 친구였대. 그분이 세라를 계속 찾아다녔대. 이제 엄청난 다이아몬드 광산이 모두 세라 거래. 세라는 절대 돌아오지 않을 거고, 진짜 공주님보다 더 공주 같을 거래. 그리고 나는 내일 오후에 세라를 만나러 갈 거야."

이 말을 들은 아이들은 벌집을 쑤셔 놓은 듯 한꺼번에 떠들어 대기 시작했다. 그날 밤, 아이들은 밤늦은 시각까지 어멘가드의 방에 모여 세라가 보낸 편지를 몇 번이나 되풀이해서 읽고 또 읽었다.

베키 역시 아이들 틈에 끼어 그 이야기를 듣고, 다른 날보다 더 일찍 다락방으로 올라갔다. 그 마술의 방에 다시 한 번 가 보고 싶었던 것이다. 거기 있던 물건들이 지금도 그대로 있을까? 아니면 모조리 없어져 버렸을까? 베키는 그것이 궁금했다.

세라를 위해서는 정말 잘된 일이었지만, 다락방으로 가는 마지막 층계를 올라갈 때는 목이 메고 눈물이 났다. 이젠 따스한 난롯불도, 맛있는 저녁 식사도, 이야기를 해 주거나 책을 읽어 줄 공주님도 없을 거라고 생각하니 목이 메고 울음이 터져 나올 것만 같았다.

그런데 다락방 문을 연 베키는 너무 놀라 자기도 모르게 그만 울음을 터뜨렸다.

"아, 아!"

방에는 램프가 환하게 켜져 있고, 난롯불이 활활 타고 있었으며, 저녁 식사가 차려져 있었다. 그리고 방 한가운데 람 다스가 서서 베키를 지켜보고 있었다.

"아가씨는 너를 잊지 않았단다. 네가 슬퍼할까 봐 여간 걱정하지 않아. 주인님께도 전부 말씀드렸단다. 너는 앞으로 아가씨의 시중을 들면서 함께 살게 될 거야. 그리고 여기 있는 물건들은 오늘 밤 내가 다 가져갈 거야."

람 다스는 이렇게 말하곤 빙긋 웃으며 조용히 지붕 창문으로 빠져나갔다.

베키는 그제야 람 다스가 이 방으로 몰래 드나들었다는 걸 알게 되었다.

그날 이후, 세라와 캘리스퍼드 씨는 더욱 친한 친구가 되었다. 캘리스퍼드 씨는 세라만큼 이렇게 마음에 드는 친구가 처음이었다. 한 달도 되지 않아 캘리스퍼드 씨는 아주 딴사람이 되었다. 몸도 점점 좋아지고, 무슨 일에나 흥미를 느꼈으며, 전에는 그토록 짐스럽게만 느꼈던 재산도 소중히 생각하게 되었다. 세라를 위해 해 줄 게 너무 많았기 때문이다. 캘리스퍼드 씨는 세라가 '대가족'의 아이들이나 어멘가드와 로티를 불러서 함께 노는 걸 즐겁게 바라보곤 했다.

그러던 어느 날이었다. 책을 읽던 캘리스퍼드 씨는 세라가 한동안 꼼짝 않고 무슨 생각에 잠겨 있는 걸 보았다.

"세라, 뭘 또 상상하고 있니?"

"전에 굉장히 배가 고프던 날 만난 불쌍한 소녀를 생각하고 있었어요."

세라는 얼굴을 붉히며 대답했다.

"하지만 세라 너는 늘 배가 고팠을 텐데, 그중 어떤 날을 말하는 거지?"

캘리스퍼드 씨는 측은한 표정으로 물었다.

"아저씨는 아직 모르실 거예요. 그건 바로 꿈이 이루어진 날이에요."

세라는 이렇게 말하며 길에서 주운 4펜스짜리 동전과 빵집, 그리고 자기보다 더 배가 고팠던 거지 소녀에 대한 이야기를 들려주었다.

"그래서 전 이런 생각을 했어요. 아저씨 말씀대로 제가 정말부자라면 배고픈 아이들에게 빵을 사 주고 싶어요. 그 빵집 아주머니를 만나 배고픈 아이들이 빵집 앞을 서성이면 불러들여서 배불리 빵을 먹이라고 할 거예요. 물론 돈은 제가 드리기로 하고요. 그렇게 할 수 있을까요, 아저씨?"

"그럼, 공주님은 뭐든지 할 수 있단다. 내일 아침 당장 그렇게 하도록 하려무나."

캘리스퍼드 씨는 선뜻 말했다.

"고맙습니다, 아저씨. 저는 배가 고픈 게 어떤 건지 너무나 잘 알아요. 배가 너무 고프면 아무리 다른 걸 상상해도 다 소용 없어요."

"암, 그럴 테지. 이제 다 잊어버려라. 여기 이 의자에 걸터앉아라. 그리고 앞으로는 네가 공주라는 것만 기억하렴."

"네, 그렇게 할게요. 그리고 이제 저는 가엾은 백성들에게 빵을 나눠 줄 수 있어요."

세라는 빙긋 웃으며 말했다.

캘리스퍼드 씨는 세라의 머리를 쓰다듬어 주었다.

이튿날 아침, 민친 선생님은 창밖을 내다보다가 별로 달갑지 않은 광경을 보고 말았다. 옆집 문 앞에 커다란 말들이 끄는 캘리스퍼드 씨의 마차가 와 멈춰 서자, 마차 주인과 부드럽고 따뜻한 모피 외투를 차려입은 한 소녀가 층계에서 내려와 마차에 올라탔다. 그런데 그 뒤를 이어 또 하나의 낯익은 얼굴이 나타났다. 그것은 베키였다. 이 또한 민친 선생님의 마음을 언짢게 하는 일이었다. 베키는 숄과 다른 소지품을 들고는 젊은 여주인을 따라 마차에 올랐다.

어느새 베키도 몰라보게 좋은 옷에 얼굴도 화사하고 포동포동하게 살이 올라 있었다.

잠시 후, 마차가 빵 가게 앞에 멈추었다. 세라는 마차에서 내려 가게 안으로 들어갔다. 빵집 아주머니는 한동안 세라를 쳐다보다가 빙그레 웃으며 말했다.

"아가씨가 누군지 이제 생각이 날 것 같아요. 그런데……."

"네, 전에 제게 4펜스에 빵 여섯 개를 주신 적이 있죠."

"그런데 아가씨는 그중 다섯 개를 거지 소녀에게 주었지요. 저는 늘 그 일을 기억하고 있었답니다."

그러더니 캘리스퍼드 씨에게 이렇게 말했다.

"죄송합니다. 나이 어린 아가씨가 어찌나 착한지, 그 일이 잊혀지지 않는군요. 그런데 이젠 얼굴빛도 훨씬 좋고 그날보다 건강해 보입니다."

"네, 아주 튼튼해졌어요. 그런데 저, 오늘은 아주머니에게 부탁드릴 말씀이 있는데요……."

"저한테요? 그게 뭔데요?"

빵집 아주머니는 환하게 웃으며 물었다.

세라는 앞으로 굶주린 아이들이 오면 따뜻한 빵을 배불리 먹이도록 부탁했다. 그리고 값은 자기가 치르겠다고 말했다.

"어머나, 어쩜 그렇게 훌륭한 생각을 하셨어요. 저도 늘 어려운 사람을 돕고는 싶지만, 여유가 없기 때문에 하고 싶어도 못한답니다. 하지만 그날 이후, 저도 아가씨를 생각하며 불쌍한 아이들에게 빵을 조금씩 준 적이 있지요. 아가씨는 그날 너무 춥고 배고파 보였지만, 마치 공주처럼 빵을 거지 소녀에게 주셨잖아요."

"그런데 아주머니, 혹시 그 비 오던 날 만났던 거지 소녀가 지금 어디 있는지 아세요?"

"네, 알고말고요. 한 달 전부터 저 뒷방에 살고 있어요. 거기 살면서 가게 일을 도와주고 있답니다."

"어머, 정말이에요?"

세라가 놀라 눈을 동그랗게 뜨자 빵집 아주머니는 뒷방을 향해 아이를 불렀다.

"앤, 거기 있니? 이리 좀 와 보렴!"

그러자 곧 소녀가 나타났다. 소녀는 차림새도 말끔했고 얼굴도 좋아 보였다.

"아주머니, 부르셨어요."

소녀는 급히 달려 왔는지 숨을 가쁘게 몰아쉬며 말했다.

소녀는 세라를 단번에 알아보고는 눈을 떼지 못했다.

"나는 이 아이에게 배가 고프면 언제든지 들르라고 했어요. 그래서 들를 적마다 빵을 배불리 먹이고 이런저런 일을 시켜 보았더니 썩 잘하지 않겠어요. 그래서 함께 살자고 했어요. 아주 마음씨도 착하고 성실한 아이예요. 이름은 앤이라고 해요."

세라와 앤은 잠시 동안 마주 보고 서 있었다. 이윽고 세라가 먼저 손을 내밀자 앤도 새라의 손을 마주 잡았다.

"정말 잘됐다. 그리고 지금 생각해 본 건데, 아주머니가 허락한다면 앞으로 배고픈 아이들에게 빵을 나눠 주는 일을 네가 맡아 주면 어떨까? 넌 배고픈 게 어떤 건지 누구보다 잘 아니까 말이야."

"네, 그럴게요. 고맙습니다, 아가씨."

앤이 대답했다.

"그럼, 가 볼게요. 안녕히 계세요, 아주머니."

"착한 아가씨, 잘 가요."

세라는 캘리스퍼드 씨와 함께 가게를 나와 마차를 탔다.

빵 가게 아주머니와 앤이 오랫동안 두 사람의 뒷모습을 바라보고 있었다.

세라는 창문으로 밖을 내다보며 생각에 잠겼다. 아버지와 함

께 런던에 처음 왔을 때가 생각났다. 그날도 거리에는 잿빛 안
개가 자욱이 내리고 가스등이 희미하게 빛나고 있었다.

'아, 그리운 아빠!'

캘리스퍼드 씨가 생각에 잠긴 세라의 손을 꼭 잡아 주었다.

그러자 세라는 이 캘리스퍼드 씨가 하늘나라에서 돌아오신 아
버지처럼 느껴졌다. 세라는 고개를 돌려 캘리스퍼드 씨를 바라
보고는 빙그레 웃었다.

마차는 소공녀와 캘리스퍼드 씨, 그리고 사랑과 행복을 싣고
안개가 자욱한 런던 거리를 달렸다. ❀

세계명작 시리즈와 함께 논리·논술 Level Up!

● **이해 능력 Level Up!**

1. 『소공녀』의 작가는 누구일까요?
   1) 쥘 베른　　　　　　2) 마크 트웨인　　　　3) 몽고메리
   4) 프랜시스 호즈슨 버넷　　　　　　5) 오 헨리

2. 세라의 아버지는 무엇을 하는 사람일까요?
   1) 작가　　2) 군인　　3) 은행원　　4) 여행가　　5) 선생님

3. 세라는 왜 인도를 떠나 영국으로 왔을까요? 다음 글을 읽고 그 이유를 찾아보세요.

> 너무 일찍 엄마를 잃은 세라는, 젊고 부유하며 늘 다정다감한 아버지 밑에서 아무 불편 없이 행복하게 살았다. 하지만 딱 한 가지 걱정 거리가 있었다. 인도의 기후가 아이들이 자라는 데 맞지 않기 때문에 어른들은 아이들을 영국의 학교로 보냈는데, 세라도 이제 아버지와 떨어져 살아야 한다는 것이었다.

   1) 여행을 하기 위해　　　　2) 쇼핑을 하기 위해
   3) 친척을 방문하기 위해　　4) 학교에 다니기 위해
   5) 엄마를 찾기 위해

4. 다음 글을 읽고 민친 선생님은 어떤 사람인지 생각해 보세요.

> 민친 선생님은 크루 대령에게 '민친 여학교'를 추천한 메레디스 부인을
> 통해, 세라의 아빠가 돈 많은 부자이기 때문에 하나밖에 없는 어린 딸
> 을 위해서라면 돈을 아낌없이 쓸 것이라는 사실을 이미 들은 터였다.
> "크루 대령님, 따님이 참 예쁘고 영리하게 생겼군요. 이런 따님을 맡
> 게 되어 정말 영광입니다."
> 민친 선생님은 세라의 손을 어루만지며 말했다.

   1) 매우 친절하고 상냥하다.   2) 아첨을 잘하고 이기적이다.
   3) 불쌍한 사람을 잘 도와준다.   4) 화를 내지 않는다.
   5) 착하고 인자하다.

5. 에밀리는 누구인가요?
   1) 세라의 여동생   2) 민친 여학교 학생
   3) 세라의 인형   4) 하녀
   5) 베키의 친구

6. 세라는 누구의 엄마가 되어 주었나요?
   1) 베키   2) 제시   3) 아멜리아   4) 로티   5) 라비니아

7. 베키에 대한 설명으로 틀린 것은 무엇인가요?
   1) 옆집에 사는 아이   2) 하녀
   3) 다락방에 사는 아이   4) 이야기를 좋아하는 아이
   5) 세라를 좋아하는 아이

8. 세라는 늘 자기가 누구라고 꿈꾸며 살았나요?

   1) 왕비   2) 공주   3) 선생님   4) 무용가   5) 천사

9. 크루 대령이 세라의 생일 선물로 사 준 인형은?

   1) 새로운 인형   2) 말하는 인형

   3) 걸어다니는 인형   4) 마지막 인형

   5) 살아 있는 인형

10. 세라 아버지는 왜 돌아가셨을까요? 다음 글을 읽고 틀린 것을
    모두 고르세요.

> "네, 모든 재산을 다 날렸지요. 광산에 미친 친
> 구가 자신의 재산은 물론 크루 대령의 재산까
> 지 몽땅 쏟아부었는데, 광산이 망하자 한 푼도
> 건지지 못한 거지요. 그 친구는 사업에 실패하
> 자 어디론가 도망쳐 버렸고, 열병에 걸렸던 크
> 루 대령은 그 소식을 듣고는 제정신이 아닌 상
> 태에서 딸 이름만 애타게 부르다가 숨을 거두
> 었어요. 한 푼도 안 남기고 말입니다."

   1) 열병에 걸려서

   2) 다이아몬드 광산이 파산해서

   3) 세라의 엄마가 돌아가셔서

   4) 친구한테 배반당한 충격 때문에

   5) 세라가 보고 싶어서

11. 세라의 아버지가 돌아가시자 민친 선생님은 세라에게 어떻게 했
    나요? 맞지 않는 것을 고르세요.
    1) 검은 옷을 입혔다.
    2) 다락방으로 내쫓았다.
    3) 불쌍히 여기며 위로해 주었다.
    4) 하녀로 삼았다.
    5) 하급생에게 프랑스어를 가르치게 했다.

12. 세라를 위해 다락방에 마술을 부린 사람은 누구일까요?
    1) 민친 선생님 2) 캘리스퍼드   3) 요정   4) 카마이클   5) 베키

13. 아래의 글을 읽고 물음에 답하세요. 세라는 주운 돈 4펜스로 무
    엇을 했나요?

거지 소녀는 아직도 계단에 웅크리고 앉아 있
었다. 세라는 빵을 꺼내 소녀에게 내밀었다.
"자, 따뜻한 빵이야. 어서 먹어."
거지 소녀는 갑작스럽고 놀라운 행운에 겁이
났는지 세라를 빤히 쳐다보았다. 그러다간 빵
을 잡아채듯 움켜쥐고 눈 깜짝할 사이에 한
개를 다 먹어치웠다.

    1) 저금을 했다.   2) 거지 소녀에게 빵을 사 주었다.
    3) 베키에게 주었다.   4) 빵집 아주머니를 드렸다.
    5) 인형을 샀다.

14. 세라는 아빠 친구인 캘리스퍼드 씨를 어떻게 만났나요?

    1) 원숭이 때문에   2) 우연히

    3) 캘리스퍼드 씨가 찾아와서   4) 민친 선생님의 소개로

    5) 람 다스가 놀러 와서

15. 부자가 된 세라는 베키를 어떻게 했나요?

    1) 그냥 다락방에 살게 했다

    2) 돈을 주었다.

    3) 새 을 많이 사 주었다.

    4) 캘리스퍼드 씨네 집에서 함께 살았다.

    5) 프랑스로 데려갔다.

16. 세라는 왜 빵집을 다시 찾아갔을까요?

    1) 부자가 된 걸 자랑하려고

    2) 거지 소녀를 만나려고

    3) 가난한 아이들에게 빵을 배불리 사 주려고

    4) 빵을 사 먹으려고

    5) 빵 가게 아주머니가 보고 싶어서

● 논리 능력 Level Up!

1. 세라가 다닌 학교의 이름은 무엇인가요?

2. 세라는 다락방에 있는 쥐를 무엇이라고 불렀나요?

3. 세라와 함께 다락방에 사는 아이는 누구일까요?

4. 세라는 다락방을 무슨 감옥이라고 생각했나요? 다음 글을 읽고 답을 생각해 보세요.

> "그래, 나는 바스티유 감옥에 갇힌 죄수나 마찬가지라고 생각해. 너무 오랫동안 갇혀 있어서 모든 사람들이 나를 잊었고, 민친 선생님은 교도관이며 베키는 옆방의 죄수야. 그렇게 생각하면 마음이 한결 가벼워져."

5. 세라의 아버지 크루 대령이 돌아가신 곳은 어디인가요?

6. 원숭이를 찾으러 다락방으로 온 인도 사람의 이름은 무엇인가요?

7. 빵집 아주머니는 세라에게 빵을 몇 개 주었나요?

8. 세라는 거지 소녀에게 빵을 몇 개 주었나요?

9. 『소공녀』의 작가 프랜시스 호즈슨 버넷은 어느 나라 사람일까요?

● **논술 능력 Level Up!**

1. 세라의 아버지 크루 대령은 어떤 분일까요?

2. 베키가 세라를 좋아하며 잘 따르는 이유를 말해 보세요.

3. 어멘가드의 아버지는 어떤 분인가요?

4. 세라는 어떻게 어멘가드와 친하게 되었나요?

_____

_____

5. 세라는 왜 로티의 엄마가 되어 주었을까요?

_____

_____

6. 내가 만약 세라처럼 다락방에서 살게 되었다면 어땠을지 상상해
   보세요.

> 다락방 문을 여는 순간 세라는 가슴이 덜컥
> 내려앉았다. 그곳은 정말 다른 세상이었다.
> 천장은 비스듬히 내려앉았고, 누렇게 색깔이
> 변한 벽은 군데군데 벗겨졌으며, 방 안에는
> 녹슨 벽난로와 허름한 침대보가 덮인 딱딱한
> 침대가 있었다. 천장에는 조그만 창문이 하나
> 있었고, 그 창문을 통해 잿빛 하늘이 보였다.

_____

_____

_____

풀이

이해 능력 Level Up!

1. 4)	2. 2)	3. 4)	4. 2)
5. 3)	6. 4)	7. 1)	8. 2)
9. 4)	10. 3)	11. 3)	12. 2)
13. 2)	14. 1)	15. 4)	16. 3)

논리 능력 Level Up!

1. 민친 여학교   2. 멜키세덕

3. 베키   4. 바스티유 감옥

5. 인도   6. 람 다스

7. 6개   8. 5개

9. 영국

논술 능력 Level Up!

1. 예시 : 딸을 많이 사랑하고, 친구를 의심하지 않고 잘 믿는 사람.

2. 예시 : 하녀인 베키는 가난해서 공부도 할 수 없고, 아이들도 베키
   와 놀아 주지 않는다. 그런데 세라는 베키에게 먹을 것도 주고, 책
   도 읽어 주고, 이야기도 해 주며 따뜻하게 대해 주기 때문에.

3. 예시 : 어멘가드 아버지는 훌륭한 학자로서 책 읽는 것을 좋아하신
   다. 그래서 딸도 책을 많이 읽기를 원하셔서 많은 책을 사 주신다.

4. 예시 : 어멘가드는 착하지만 뚱뚱하고 공부를 잘하지 못해 아이들
   에게 놀림당하는 것을 보고 세라가 친절하게 대해 주었다.

5. 예시 : 로티는 엄마가 없기 때문에 무슨 일에든 떼를 쓰거나 투정
   을 부려 사람들의 관심을 끌려고 하는 버릇이 있다. 세라는 자기도
   어머니가 안 계시기 때문에 이를 안타깝게 여기고 엄마가 되어 보
   살펴 주기로 했다.

6. 예시 : 부자로 살다가 다락방에서 살게 된다면 자포자기의 심정이
   될 것 같다. 내가 춥고 배고픈데, 세라처럼 나보다 남을 생각하는
   마음은 더더욱 생기지 않을 것 같다.

초등권장도서 세계 명작 시리즈